KB095059

다 괜찮아요,

천국이 말했다

다 괜찮아요, 천국이 말했다

미치 앨봄 장편소설
공경희 옮김

살림

이미 천국을 밝히고 있는

우리 인생의 공주님 치카에게,

또 치카를 보살펴주고

우리 영혼에 감동을 주는

천국의 모든 간호사들에게

이 책을 바칩니다.

서문

이 소설은 『천국에서 만난 다섯 사람』과 마찬가지로 사랑하는 에디 삼촌에게서 영감을 받았다. 삼촌은 제2차 세계대전 참전 용사로 자신을 '해놓은 일 없는 하찮은 존재'로 여겼다.

어렸을 때, 삼촌은 내게 병원에서 죽음의 문턱까지 갔던 어느 날 밤의 이야기를 들려주었다. 자신의 몸에서 빠져나가 병상 옆에 앉아 있는 사랑하는 이들을 봤다는 것이다.

그 순간부터 천국을 생각하면 이 세상에서 스쳐간 사람들을 만나는 곳, 다시 보게 되는 곳이 떠올랐다. 물론 나만의 시각이라는 걸 안다. 여러 종교의 정의에 따라 다양한 관점이 있고 모두 존중해야 한다.

그러니 이 소설과 여기 나오는 사후의 풍경은 독단적인 교리가 아니라 소망이다. 에디 삼촌처럼 사랑하는 이들이 이승에서 못 누린 평온을 찾기를, 소중한 하루하루를 보내며 우리 모두 서로에게 영향을 주고받는다는 것을 깨닫기 바라는 마음이다.

차례

프롤로그

마지막 순간

이야기의 주인공은 애니라는 여성이고, 애니가 하늘에서 떨어지는 마지막 순간 이야기가 시작된다. 애니는 젊었기에 끝을 생각해본 적이 없었다. 천국도 생각해본 적 없었다. 하지만 모든 마지막은 시작이기도 하다.

그리고 천국은 늘 우리를 생각하고 있다.

*

세상을 떠났을 때, 애니는 키가 크고 늘씬했다. 긴 황갈색 곱슬머리, 두드러지게 불거진 팔꿈치와 어깨, 당황하면 발그레해지는 목, 반짝거리는 올리브색 눈, 갸름한 얼굴. 동료들은 애니가 "볼수록 예쁘다"고 했다.

애니는 간호사라서 파란색 수술복과 회색 운동화 차림으로 가까운 병원에 출근을 했다. 그리고 바로 그 병원에서 세상을 떠났다. 극적인 슬픈 사고를 당한 날은 서른 한 살 생일을 한 달 앞두었을 때다. 너무 젊은 나이에 죽었다는 생각이 들 것이다. 하지만 인생에서 너무 젊다는 게 뭘까?

애니는 어렸을 때 죽음을 모면한 적이 있다. '루비 가든'이라는 곳에서 사고를 당했다. 잿빛 바닷가에 있는 놀이공원이었다. 어떤 이는 애니가 살아난 게 기적이라고 했다.

그러니 어쩌면 제명보다 오래 살았을지도 모른다.

*

"오늘 우리가 여기에 모여……."

곧 죽는다는 걸 알면 우린 마지막 몇 시간을 어떻게 보낼까? 아무것도 몰랐던 애니는 결혼식을 하면서 보냈다.

신랑 이름은 파울로. 얕은 개울처럼 옅은 파란색 눈과 숱 많고 검붉은 머리. 파울로를 만난 것은 초등학교 시절 아스팔트 운동장에서 등 짚고 넘는 개구리 놀이를 할 때였다. 수줍고 내성적이었던 전학생 애니는 머리를 감싸 쥐고 계속 '어디론가 없어져버리고 싶어'라고 생각했다.

그때 어떤 남자애가 애니의 어깨에 손을 얹더니, 하늘에서 보따리가 뚝 떨어지듯 눈앞에 나타났다.

"안녕, 난 파울로야."

앞머리가 눈썹까지 내려온 남자애가 애니를 보고 싱긋 웃었다.

그 순간 애니는 갑자기 아무 데도 가고 싶지 않아졌다.

*

"애니는, 이 남자를 남편으로 맞아……."

죽음까지 열네 시간을 남겨두고 애니는 혼인 서약을 했다. 애니와 파울로는 블루베리 빛 호숫가의 차양 아래 서 있었다. 둘은 십 대 때 연락이 끊겼다가 최근에야 재회했고 그사이 애니는 힘든 세월을 보냈다. 진저리 나는 연애들을 겪었다. 실연에 많이 시달렸다. 다시는 남자를 사랑하지 않겠다고, 절대 결혼하지 않겠다고 다짐했었다.

그런데 여기 두 사람이 함께 있다. 애니와 파울로. 신랑 신부는 목사에게 고개를 끄덕였다. 서로의 손을 잡았다. 애니는 흰색, 파울로는 검정색 옷을 입었고, 햇빛 아래 오래 서 있던 탓에 둘 다 피부가 그을려 있었다. 애니는 신랑에게 몸을 돌리다가 지는 해 위로 떠가는 열기구를 힐끗 보았다. '정말 예쁘네'라고 생각했다.

그러다가 파울로의 미소에 집중했다. 입술이 수평선처럼 길게 퍼지는 미소였다. 파울로는 반지를 끼우려고 애쓰며 초조하다는 듯 웃어댔다. 애니가 손가락을 들어 보이자 하객들이 입을 모아 외쳤다.

"결혼 축하합니다!"

*

죽음까지 열세 시간. 두 사람은 팔짱을 끼고 행진했다. 세상의 모든 시간을 가진, 막 결혼한 신랑 신부였다. 애니는 눈물을 훔치다가 맨 끝줄에 앉은 노인을 보았다. 리넨 모자를 쓰고 턱이 합죽한 노신사가 웃고 있었다. 애니가 아는 사람같이 느껴졌다.

"파울로, 저분은 누구셔?"

애니가 속삭였다.

하지만 누군가 끼어들었다.

"누나, 진짜 예쁘다!"

교정기를 낀 십 대 사촌 녀석의 말에 애니는 웃으면서 입술만 달싹여 대답했다.

"고마워."

돌아보니 노인은 거기 없었다.

*

죽음까지 열두 시간. 신랑 신부는 흰 전구가 줄줄이 걸린 댄스플로어를 차지했다. 파울로가 한 팔을 들고 물었다.

"준비됐어?"

애니는 중학교 체육관이 기억났다. 그 밤에 파울로에게

다가가서 말했었다.

"넌 나랑 대화하는 유일한 남학생이야. 그러니까 나랑 춤출지 말지 당장 말해. 싫다고 하면 곧장 집에 가서 텔레비전이나 볼 거니까."

그때도 파울로는 지금처럼 싱긋 웃고 있었다. 그리고 마침내 두 사람은 퍼즐이 맞춰진 것처럼 다시 한번 하나가 됐다. 사진사가 뛰어들면서 외쳤다.

"행복한 신랑 신부, 여기 보세요!"

애니는 오른손보다 더 작은 왼손을 자기도 모르게 파울로의 등 뒤로 숨겼다. 20년 전 사고로 생긴 흉터가 아직 남아 있었다.

"좋습니다!"

사진사가 말했다.

*

죽음까지 열한 시간. 애니는 파울로의 팔에 기대어 연회장을 둘러보았다. 먹다 남긴 케이크 조각, 여자 하객들이 테이블 아래 벗어둔 하이힐. 축하연이 끝나갔다. 스몰 웨딩이라—애니는 가족이 별로 없었다—애니는 하객 대부분과 대화를 나누었고 다들 "더 자주 보자!"고 했다.

파울로가 신부에게 고개를 돌리더니 이렇게 말했다.

"저기, 당신 주려고 만든 게 있는데."

애니는 생긋 웃었다. 파울로는 목공예품, 장신구 등 자잘한 선물을 자주 만들어주곤 했다. 파울로는 십 대 시절 가족과 이탈리아로 이주했고 거기서 조각과 그림을 배웠다. 그때 애니는 다시는 파울로를 보지 못할 줄 알았다. 그런데 세월이 흐르고 간호사가 되어 공사 중인 병원 앞을 지나다가 목수가 되어 작업하고 있는 파울로를 만난 것이다.

"저기요, 제가 아는 사람 같아서요. 너 애니구나!"

파울로가 말했다.

열 달 후 두 사람은 약혼했다.

처음에 애니는 행복했다. 하지만 결혼식이 가까워지자 불안해졌고, 불면증에 시달리기 시작했다.

"늘 내가 계획을 세우면 일이 어긋나."

애니가 말했다. 파울로는 애니의 어깨를 끌어안고, 그날 병원에서 자신을 만난 것은 '계획'한 일이 아니었다고 상기시켜줬다. 그렇지?

애니는 눈썹을 치뜨고 대꾸했다.

"당신이 어떻게 알아?"

파울로가 웃음을 터뜨렸다.

"그럼 내가 '저기 있는 애니랑 결혼할 거야!'라고 계획하고 만났겠어?"

하지만 애니는 여전히 찜찜했다.

*

"자."

파울로가 작고 노란 물건을 내밀었다. 늘어진 귀와 타원형 발. 파이프클리너[1]로 만든 부드럽고 복슬복슬한 공예품이었다.

"토끼?"

애니가 물었다.

"으음."

"파이프클리너로 만든 거야?"

"어."

"어디서 났는데?"

"내가 만들었어. 왜?"

애니는 몸의 중심을 왼쪽 발로 옮기다가 문득 불편한 마음이 들었다. 댄스플로어 쪽을 쳐다보니 아까 본 노인이 있었다. 희끗희끗한 구레나룻이 덥수룩하고 족히 30년은 된 오래된 양복을 입고. 하지만 애니의 눈을 끄는 것은 그의 피부였다. 이상하게 반들반들 윤이 났다.

'내가 어떻게 저 사람을 알고 있는 거지?'

"마음에 안 들어?"

---

1 철사를 털실로 감싼 공작 재료.

애니가 눈을 깜빡였다.

"뭐가?"

"토끼."

"아, 맘에 들어. 정말이야."

"나도 그래. 내가 오늘 '그러겠습니다' '그래'란 말을 많이 하네."

파울로는 생각에 잠긴 듯 중얼댔다.

애니는 생긋 웃으면서 작은 공예품을 만지작거렸다. 하지만 어쩐지 몸에 한기가 흘렀다.

*

파이프클리너 토끼는—파울로가 만든 것과 비슷한—애니가 운명의 사고를 당한 날 받은 선물이었다. 애니는 기억하지 못했지만, 결혼식에서 본 노인이 준 선물이었다.

그 노인이 죽은 지는 20년도 넘었다.

노인의 이름은 에디. '루비 가든'에서 일했다. 놀이기구를 관리하는 것이 노인의 업무였다. 트랙에 기름칠을 하거나 볼트를 조이고, 공원 안을 계속 돌면서 고장 난 기구를 찾고 미심쩍은 소리가 나는지 살피는 일을 했다. 때로는 작업복 주머니에 파이프클리너를 갖고 다니다 어린아이들에게 장난감을 만들어주기도 했다.

사고가 일어난 날 애니는 혼자 있었다. 엄마는 최근에

만난 애인이랑 떠나버렸다. 에디가 바다를 내다볼 때 애니가 다가왔다. 끝이 너덜너덜한 반바지와 오리 캐릭터가 그려진 연두색 티셔츠 차림이었다.

"저기요, 에디 관리자님?"

애니가 작업복 셔츠에 박혀 있는 이름을 읽었다.

"그냥 에디라고 부르렴."

에디가 한숨을 쉬었다.

"에디?"

"응?"

"제게……."

애니는 기도하듯이 양손을 모았다.

"아이고, 꼬마야. 아저씨가 무척 바쁘단다."

"제게 동물 한 개 만들어주실래요? 네?"

에디는 생각해보겠다는 듯 장난스럽게 위를 쳐다보더니, 이내 노란 파이프클리너를 꺼내 토끼를 만들어주었다(파울로가 애니에게 건네준 토끼와 똑같은 모양이다).

"진짜 감사합니다!"

애니가 말하고 폴짝폴짝 뛰어갔다.

12분 후 에디는 죽었다.

*

'프레디 낙하'[2]라는 놀이공원 드롭 타워에 달린 카트가 지상 60미터 높이에서 헐거워지면서 치명적인 사고가 일어났다. 탑승자들이 안전 구역으로 물러나 있을 무렵, 카트는 시들시들한 나뭇잎처럼 매달려 있었다. 아래에서 지켜보던 에디는 케이블 하나가 흔들거린다는 걸 알아차렸다. 끊어지면 카트가 뚝 떨어질 터였다.

"물러서세요!"

에디가 소리쳤다.

카트 밑에 있는 사람들이 흩어졌다.

하지만 애니는 어리둥절해서 엉뚱한 방향으로 달렸고, 겁을 먹고 놀이기구 받침대 부근에서 우물쭈물하고 있었다. 그때 케이블이 끊어졌다. 카트가 뚝 떨어졌다. 마지막 순간 에디가 플랫폼으로 뛰어들어 애니를 밀치지 않았다면, 카트는 애니를 덮쳤을 거다. 하지만 카트에 깔린 사람은 에디였다.

에디는 목숨을 잃었다.

하지만 애니도 잃은 게 있었다. 왼손. 카트에서 떨어져 나온 쇳덩어리에 손이 완전히 절단되었다. 직원 몇 명이 순발력 있게 피투성이 손을 얼음 위에 올렸고 구급대원들이 애니를 병원으로 이송했다. 외과의들은 몇 시간에 걸쳐 수술을 진행했다. 힘줄, 신경, 혈관을 복구하고 피부를 접

2 자이로드롭 등으로 불리는 놀이기구.

합한 뒤 플레이트와 스크루를 이용해 애니의 손과 팔목을 이었다.

사고는 주 전체의 뉴스가 되었다. 언론에서는 애니를 '루비 가든의 작은 기적'으로 보도했다. 그러자 사람들이 애니를 위해 기도했다. 애니가 목숨을 구하면서 영생의 비밀이라도 얻은 것처럼 만나려는 이들까지 있었다.

하지만 이제 겨우 여덟 살인 애니는 아무것도 기억하지 못했다. 사고의 충격이 기억을 완전히 앗아갔다. 강풍에 불꽃이 꺼지듯이. 그날의 이미지와 불빛만 기억했다. 루비 가든에 가벼운 마음으로 갔다가 다른 기분으로 돌아온 것만 어렴풋이 느껴졌다. 의사들은 '의식 억압' '외상장애' 같은 용어를 말할 뿐이었다. 어떤 기억은 이 세상의 것이지만 어떤 기억은 내세에야 떠오른다는 것을 그들은 몰랐다.

하지만 생명은 다른 생명과 맞바꿔졌다.

천국은 늘 지켜보고 있었고.

*

"행운을 빌어! 신의 축복이 있기를!"

신랑 신부가 대기 중인 리무진으로 향하자 하객들이 종이컵에 담긴 쌀을 뿌렸다.[3] 파울로가 문을 열었고 애니가 드레스 자락을 끌면서 뒷좌석에 올라탔다.

"휴우."

파울로가 옆에 앉으면서 웃었다.

운전기사가 뒤를 돌아보았다. 갈색 눈, 기다란 콧수염이 돋보이는 그가 담배를 피워 얼룩덜룩해진 치아를 드러내며 말을 건넸다.

"축하합니다, 두 분."

"고마워요!"

신랑 신부가 한목소리로 대답했다.

그때 차창을 두드리는 소리가 들렸다. 데니스 삼촌이 시가를 물고 내려다보고 있었다.

애니가 유리창을 내리자 데니스가 말했다.

"그래, 두 사람. 잘해. 조심해. 행복해."

"세 가지를 한꺼번에 할 순 없죠."

파울로 말에 데니스가 껄껄 웃었다.

"그럼 행복하기만 하게."

데니스가 애니의 손가락을 그러쥐자 애니의 눈에 눈물이 차올랐다. 데니스는 외삼촌이었고 애니가 근무하는 병원에서 존경받는 외과의였다. 파울로 다음으로 좋아하는 남자이기도 했다. 대머리에 배가 불룩하고 껄껄 웃는 삼촌은 친아빠보다 더 아빠 같았다. 생부의 이름은 제리였는데

3 다산과 행복을 기원하며 신랑 신부에게 쌀을 뿌리는 서양 결혼식 관습.

(어머니는 그를 '쩌리 제리'라고 불렀다), 애니가 어렸을 때 떠났다.

"고마워요, 데니스 삼촌."

"뭐가?"

"전부 다요."

"네 엄마가 있었다면 좋아했을 거다."

"알아요."

"엄마가 널 지켜보고 있어."

"그렇게 생각하세요?"

"그럼. 애니, 네가 정말 결혼을 했구나."

삼촌이 빙긋 웃었다.

"제가 결혼을 했네요."

데니스가 애니의 머리를 가볍게 토닥였다.

"새로운 인생이구나, 아가."

열 시간 남았다.

*

동떨어진 이야기 같은 건 없다. 인생사는 베틀에 걸린 실처럼 얽혀서 우리도 모르는 방식으로 짜인다.

애니와 파울로가 결혼식에서 춤을 춘 그 시각, 60여 킬로미터 밖에서는 톨버트라는 사내가 차 키를 챙기고 있었다. 톨버트는 트럭의 연료가 바닥났다는 게 기억났고, 이 시간에 영업하는 주유소를 찾기는 쉽지 않아서 아내의 차 키를 집어 들었다. 박스 모양의 소형차로 한쪽 타이어에 바람이 빠져 있었다. 톨버트는 현관문도 잠그지 않은 채 집을 나와 하늘을 올려다보았다. 구름이 달을 잿빛으로 물들이고 있었다.

톨버트가 트럭을 몰고 나왔다면 이 이야기는 달라졌을 것이다. 애니와 파울로가 마지막 사진 촬영을 위해 도중에 서지 않았더라면 이 이야기는 달라졌을 것이다. 리무진 운전기사가 아파트 문 옆에 놓아둔 가방을 잊지 않고 챙겼다면 이 이야기는 달라졌을 것이다. 인생사는 연필과 지우개가 휙휙 지나가면서 시시각각 쓰인다.

*

"하지만 우린 겨-얼-호-온-할 거야!"

파울로가 노래하다 가사를 까먹자 애니는 웃음을 터뜨렸다. 애니는 자신의 어깨를 감싼 파울로의 힘센 손을 잡아당겼다. 살다보면 눈을 감고도 손길만으로 누군지 알 수 있는 사람이 있다. 애니의 경우 파울로가 그랬다. 오래전 등 짚고 넘는 개구리 놀이를 할 때도 그랬다.

지금도 꼭 그랬다.

애니는 파울로의 손가락에 껴진 금반지를 쳐다보고는 만족스럽다는 듯 숨을 깊게 내쉬었다. 두 사람이 해냈다.

결혼을 했다. 애니는 예기치 못한 일 때문에 결혼식을 망칠지도 모른다는 걱정을 접을 수 있었다.

"진짜 행복해."

애니가 말했다.

"나도 그래."

파울로가 대답했다.

리무진이 미끄러져 나갔다. 하객들이 박수를 치고 엄지를 치켜들자 애니도 손을 흔들었다. 애니가 마지막으로 본 사람은 리넨 모자를 쓴 노인이었다. 노인은 기계적으로 손을 마주 흔들었다.

*

'지상천국'이란 말을 다들 알 것이다. 결혼식을 마치고 행복하게 출발하는 것 같은 멋진 일이 있을 때 쓰는 말이다. 하지만 '지상천국'은 다른 뜻일 수도 있다. 노인이—루비 가든의 에디가—시야에서 사라진 바로 지금 애니에게 벌어지는 그런 일처럼 말이다.

죽는 순간이 가까워지면 이승과 저승 사이의 베일이 벗겨진다. 천국과 지상이 겹쳐진다. 그럴 때면 이미 떠난 영혼들을 힐끗 볼 수 있다.

내가 도착하기를 기다리는 사람들이 보인다.

그들도 다가가는 나를 볼 수 있다.

*

죽음까지 아홉 시간. 밤안개가 끼고 비가 부슬부슬 내리기 시작했다. 운전기사가 와이퍼를 작동시켰다. 와이퍼가 좌우로 움직이자 애니는 앞에 놓인 일을 생각했다. 우선 신혼여행. 알래스카에서 북극광을 보기 위해 오래전부터 계획한 여행이었다. 파울로는 북극광에 열광했다. 애니에게 사진 수백 장을 보여줬을 뿐만 아니라 생성 과정에 대해 장난치듯 테스트했다.

애니는 기억을 되살려 대답했다.

"알아, 안다고. 태양에서 입자가 떨어져 지구로 날아와. 우리에게 닿기까지 이틀 걸리지. 입자들이 들어오는 곳은 대기의 가장 약한 부분인……."

"세상의 꼭대기지."

파울로가 말을 마무리 짓곤 했다.

"세상의 꼭대기지."

"잘했어. 통과."

알래스카에 다녀오면 새로운 삶이 기다리고 있었다. 파울로와 애니는 빈곤한 마을에 급수 시설을 제공하는 기구에 가입해 1년간 활동하겠다고 신청했다. 그동안 외국에 가본 적 없던 애니에게는 큰 변화였다. 그리고 분명 애니의 간호 능력이 유용할 터였다. 파울로는 자선이 중요하다고 믿어서 자주 물건을 만들어 무료로 나눠주곤 했다(친구들은 그에게 '매일 선행상을 받으려고 애쓴다'고 농담했다). 그걸 보며 애니는 미소 지었다. 전에는 남자 보는 안목이 없었다. 하지만 파울로는, 마침내, 자랑할 만한 신랑감이었다.

애니가 말했다.

"얼른 가고 싶어서 안달 나……."

리무진이 빙 돌다가 나가야 될 출구를 놓쳤다.

"제길, 저 차가 껴주지 않아서요."

운전기사가 백미러를 보면서 말했다.

"괜찮습니다."

파울로가 대답했다.

"다음 출구로 나가겠습니다."

"그러면 되지요."

"평소에는 지피에스를 갖고 다니는데……."

"차에 없군요."

"집에 두고 왔네요."

"마음 쓰지 마세요."

"그 차가 너무 빨리 다가와서……."

"괜찮습니다. 저희는 드라이브를 즐기고 있거든요."

파울로가 애니의 손을 꼭 쥐면서 말했다.

파울로가 애니를 보며 미소 지었다. 애니도 마주 웃었다. 방금 세상이 어떻게 변했는지도 모르고.

*

리무진이 방향을 돌려 다시 고속도로로 진입했다. 그때 빗줄기 사이로 번쩍이는 미등이 보였다. 갓길에 세워둔 박스 모양의 소형차 옆에 한 남자가 비를 맞으며 쭈그리고 앉아 있었다. 리무진이 다가가자 그 남자가 일어나 손을 흔들었다.

"차를 세워야겠어."

애니가 말했다.

"응?"

"다 젖었네. 저 사람을 도와주자."

"별일 없을 텐데……."

"기사님, 차를 세워주시겠어요?"

운전기사가 주차된 차 앞으로 차를 세웠다. 애니가 파울로를 쳐다보며 말했다.

"선행으로 결혼생활을 시작할 수 있겠어."

"행운을 위해서."

파울로가 맞장구쳤다.

"맞아."

애니가 말했다. 하지만 결혼한 걸 이미 행운으로 느낀다고 덧붙이고 싶었다.

파울로가 문을 열었다. 아스팔트 도로 위로 비가 억수같이 쏟아졌다.

"거기, 이봐요! 무슨 문제가 있습니까?"

파울로가 소리치며 다가가자 사내가 목례했다.

"아내 차인데, 보다시피 타이어가 터져버렸네요. 당연히 아내는 트렁크에 잭[4]을 갖고 다니지 않죠. 선생은 있습니까?"

"아내요?"

"잭이요."

"농담입니다."

"아."

두 사람 얼굴에 비가 쏟아져 내렸다.

"리무진에 있을 겁니다."

"그러면 좋겠는데요."

"잠깐만 기다리세요."

파울로가 애니에게 미소 짓더니 영화배우처럼 느리고 과장되게 팔을 움직이며 리무진으로 뛰어갔다. 운전기사가 트렁크 버튼을 눌렀고, 파울로는 트렁크에서 잭을 찾아 다시 사내에게 달려갔다.

사내가 말했다.

"정말 고마워요. 아내란 사람들이 어떤지 알지요?"

"음, 제가 그 방면은 전문가가 아니라서요."

파울로가 맞받아쳤다.

---

4 차체 등을 들어 올리는 기구.

*

죽음까지 여덟 시간. 애니는 뒤창으로 걸레에 손을 닦는 파울로와 사내의 모습을 보았다. 타이어 교체가 끝났는지 두 사람은 빗속에서 대화를 나누고 있었다.

애니는 결혼반지를 만지작댔다. 그리고 웃고 있는 두 남자를 봤다. 그때 파울로가 챔피언이라도 된 듯 애니를 향해 사내의 팔목을 치켜들었다. 일순간 애니는 이 행운이 믿기지 않았다. 젖은 턱시도를 입은 신랑이 어찌나 헌칠한지 후광마저 어렸다.

하지만 곧 그 빛이 헤드라이트 불빛이라는 걸 깨달았다. 뒤쪽에서 치달려오는 차의 불빛에 파울로의 윤곽선이 드러났다. 애니는 엄습하는 공포를 느끼고 파울로를 불렀다. 그때 톨버트가 파울로의 팔을 잡아당겼다.

차가 쌩하니 지나갔다.

애니의 몸이 축 늘어졌다.

*

"이것 좀 봐. 그 사람이 열기구 업체를 운영한대……."

비에 홀딱 젖은 파울로가 옆에 앉으며 명함을 내밀었다.

애니가 파울로를 붙잡고 말했다.

"맙소사! 그 차에 치이는 줄 알았어."

애니가 파울로의 젖은 뺨, 머리카락, 이마에 차례로 입을 맞추었다.

"그래, 그 차가 빠르긴 했지. 다행히 그 사람이……."

파울로는 애니가 안도하는 것을 보며 양손으로 애니의 얼굴을 감쌌다.

"이봐, 애니. 이봐."

파울로가 애니를 더 깊이 들여다보려는 것처럼 눈을 가늘게 떴다.

"난 괜찮아. 아무 일도 아니었어. 나한테 아무 일도 안 일어나. 우린 방금 결혼한걸."

애니의 눈에 눈물이 그렁그렁했다.

"호텔로 가자."

애니가 속삭였다.

"호텔로요!"

파울로가 운전기사에게 말했다.

차가 출발했다.

*

바람을 일으키는 것은 뭘까? 고기압과 저기압의 만남. 온기와 냉기의 만남. 변화. 변화가 바람을 일으킨다. 변화가 클수록 바람도 세게 분다.

인생도 마찬가지다. 한 가지 변화가 다른 변화를 일으킨다. 열기구 업체를 운영하고 있는 톨버트는 여분의 타이어 없이 주행하는 게 찜찜해서 계획을 바꾸었다. 평소라면 주말 첫새벽에 일터로 갔겠지만, 톨버트는 집으로 향했다.

톨버트는 보조 조종사에게 전화를 걸었다.

"정오까지 잘하고 있어, 알겠지?"

보조 조종사의 이름은 테디로, 수염을 기른 청년이었다. 테디 역시 계획이 바뀌자 나른하게 대답했다.

"걱정 마세요."

테디는 커피를 끓이고 옷을 입었다.

애니와 파울로는 예복을 벗고 부부로서 처음 한 침대를 썼다. 호텔 방의 커튼 사이로 햇빛이 비치기 시작하자 두 사람은 계획을 바꾸었다. 애니가 베개를 벤 파울로의 머리칼을 쓰다듬었다.

"와아, 녹초가 됐네!"

하지만 애니는 이대로 끝내고 싶지 않았다.

"우리가 안 자면 아직 결혼식 날 밤인 거야. 그렇지?"

"그렇겠지."

"그렇다면……."

애니는 파울로 옆에 있는 탁자에서 명함을 집었다.

"열기구를 타자!"

애니가 말했다.

"아, 안 돼……."

"돼, 돼……."

"안 돼, 안 돼, 안 돼……."

"돼, 돼, 돼……."

"애니…… 너무 충동적이야!"

"알아. 나답지 않지. 그런데 결혼 서약을 할 때 열기구를 봤거든. 아마 신호였을 거야. 명함에 '해돋이 비행'이라고 적혀 있어."

"그렇긴 하지만……."

"제발……."

"아…… 알았어."

파울로가 눈을 질끈 감았다가 번쩍 뜨더니 이어 말했다.

"좋아!"

애니가 전화기를 들었다. 죽기 전 마지막 통화는 이렇게 시작됐다.

"안녕하세요. 오늘 비행하나요?"

*

죽음까지 다섯 시간. 풀밭에 있는 커다란 바구니 옆에 애니와 파울로가 손을 잡고 서 있었다. 새벽 공기가 차서 가벼운 재킷을 걸쳤다. 모든 게 우연의 연속 같았다. 명함, 통화, 조종사 테디, 호텔에서 멀지 않은 출발 지점.

애니는 속으로 중얼댔다.

'나중에 얼마나 멋진 이야기가 될까. 결혼식 날 밤이 구

름 속에서 끝나다니.'

몇몇 직원이 가스버너들을 작동시켜 벌룬 속 공기를 데웠다. 몇 분 후 잠에서 깬 거인이 하품하는 것처럼 열기구가 서서히 뜨기 시작했다. 벌룬이 커다란 조롱박 모양이 되자 서로 기대서 있던 애니와 파울로가 조용한 열기구에 감탄했다. 이것이 둘을 하늘로 데려갈 터였다.

그날 아침 두 사람이 모르는 사실들이 있었다. 테디가 아직 신참 조종사라 능력을 증명하고 싶어 한다는 것. 기상 상태가 완벽하지 않은데도 둘을 열기구에 태우기로 했다는 것. 그것은 두 사람이 신랑 신부이기 때문이었다. 열기구 업계에서 신혼부부는 돈이 되는 고객이었다. 이 손님들이 다른 신혼부부에게 입소문을 내주면 영업이 잘될 수 있다고 테디는 계산했다.

영업이 잘되면 테디에게도 이익이었다.

"출발해도 될까요?"

테디가 물었다.

테디는 두 사람을 바구니에 태웠다. 그러곤 뒤따라 타서 문을 닫고, 케이블을 풀고, 버너에서 한 줄기 불꽃이 피어나게 했다.

열기구가 지상에서 떠올랐다.

*

"아, 세상에. 도저히 믿을 수가 없어."

40분 후 광활하고 텅 빈 초원 위를 미끄러져 나가면서 애니가 감탄했다.

파울로가 바구니의 난간을 잡았다.

"왜 사람들은 막 일어난 일을 두고 '믿을 수가 없다'고 하지? 믿을 만하다고 해야 되지 않나?"

애니가 생긋 웃었다.

"맞아, 천재네."

"내 말은……."

갑자기 강풍이 불더니 벌룬이 휙 서쪽으로 밀려났다.

"이런."

테디가 중얼댔다.

"'이런'이라뇨?"

파울로가 물었다.

테디가 구름을 보면서 대답했다.

"별일 아닙니다. 바람에 밀려 올라가서요. 열기구를 약간 하강시킬 겁니다."

테디가 밸브를 당기자 뜨거운 공기가 차단되면서 열기구가 살짝 내려갔다. 몇 분 후 하늘이 어두워지면서 다시 강풍이 불었고, 그들은 서쪽으로 더 밀려났다. 애니는 열기구가 수풀 쪽으로 가고 있다는 것을 알아차렸다.

"실제로 사람이 벌룬의 방향을 조정할 수 있나요? 까다롭게 굴려는 건 아니고요……."

파울로가 물었다.

테디가 프로판가스 버너에 손을 올리며 대답했다.

"상하로만요. 괜찮습니다. 염려 마세요."

열기구는 계속 서쪽으로 떠갔다. 바람이 점점 세졌다. 구름도 짙어졌다. 테디는 해치를 열어 더운 공기를 빼내서 벌룬을 하강시키려고 했다. 더 노련한 조종사였다면 나무랑 충돌할 수도 있다는 걸 알았을 것이다. 그런데 노련한 조종사인 톨버트는 지금 새 타이어를 구입하기 위해 정비소에 가 있었다.

갑자기 나무들에 가까워졌다.

테디가 말했다.

"괜찮습니다, 별일 아닙니다. 하지만 나뭇가지에 스칠지도 모르니 몸을 낮추는 게 좋겠습니다."

그 순간 수풀이 코앞에 나타났다. 테디가 날카롭게 외쳤다.

"네, 낮추세요!"

애니와 파울로는 바구니 안으로 주저앉았다. 벌룬의 아래쪽 절반이 높은 가지들과 부딪치면서 바구니에 탄 사람들이 옆으로 쏠렸다.

테디가 다시 소리쳤다.

"계속 그렇게 있으세요! 착륙하겠습니다!"

테디가 해치를 더 힘껏 잡아당기자 쉭쉭 요란한 소리가 났다. 애니는 쭈그린 채 고개를 들었다. 빼곡한 나뭇잎 사이로 검은 수평선 같은 게 보였다.

송전선이었다.

바구니에 걸려 전선 하나가 다른 전선과 부딪쳤다. 애니는 지직 소리를 들었다. 앞이 환해지면서 번쩍 빛났다. 불꽃이 터졌고 테디도 주저앉았다.

테디가 중얼댔다.

"이런 망할!"

바구니가 급속도로 추락했다. 애니와 파울로가 비명을 질렀다. 모든 게 휙휙 지나갔다. 나무들, 하늘, 바닥, 팔, 로프, 구두, 불꽃. 하지만 애니는 그 무엇도 똑바로 볼 수 없었다. 비스듬히 하강하던 바구니가 땅에 불시착했다. 세 사람이 바구니 속을 뒹굴렀다. 애니의 시야에 불길, 로프들, 파울로, 자신의 팔꿈치, 청바지, 하늘이 들어왔다. 그때 테디가 바구니 난간 밖으로 사라지고, 프로판 불꽃에서 뜨거운 바람이 나오더니 벌룬이 다시 떠오르며 열기구가 상승했다.

갑자기 애니는 자신의 갈비뼈를 꼭 안는 파울로의 손길을 느꼈다.

"뛰어내려, 애니!"

파울로가 소리쳤다. 애니는 잠깐 파울로의 얼굴을 보았지만 이름을 부를 새도 없이 바구니 밖으로 떠밀려 떨어졌다. 쾅! 애니의 등이 땅바닥에 부딪쳤다.

눈앞에 별들이 보였다. 수많은 작은 빛이 태양을 가로막았다. 마침내 초점이 맞자 애니가 겁에 질린 얼굴로 열기구를 바라보았다. 불꽃에 싸인 벌룬이 폭발하고 형체 하나가 애니를 향해 떨어지고 있었다. 양팔을 마구 휘젓고 있는 형체가 점점 크게 보였다.

그 순간 신랑 파울로가 퍽 하고 땅에 떨어졌다.

애니가 비명을 질렀다.

*

현기증 나는 시간이 흐르는 사이 한 문장이 애니의 가슴에 비수처럼 꽂혔다.

'내 잘못이야.'

구급차, 사이렌, 들것, 구급요원들, 병원, 응급실, 문이 벌컥 열리며 철제 패널에 부딪치는 소리. 그 순간에도 한마디가 내내 맴돌았다.

'내 잘못이야.'

민첩하게 움직이는 사람들, 삐 소리 나는 기계들. 데니스 삼촌이 애니를 꼭 안아주었다. 그러자 초록색 수술복에 애니의 눈물 자국이 생겼다.

'내 잘못이야.'

'내가 고집을 부려서 간 거야.'

'내가 저지른 짓이야.'

'내가 다 망쳤어.'

애니는 멍들고 까진 게 전부였다. 하지만 파울로는 12미터 상공에서 추락하면서 골절되고 힘줄이 끊어졌을 뿐만 아니라 몇몇 주요 장기에 손상을 입었다. 세게 떨어지면서 다리, 골반, 턱, 오른쪽 어깨 모두 골절되었지만 폐 손상이 가장 심각했다. 흉벽이 으스러지면서 폐가 찢겨 출혈이 심했다. 숨 쉴 수 있도록 호흡기를 삽입했지만 어느 쪽 폐도 유지될 수 없을 듯했다. 목숨을 부지하려면 새 폐가 필요했다. 의사들은 장기 이식자 명단 등을 확인하는 한편, 어느 의사를 호출할지 나지막이 의논했다. 입을 벌린 채 그 대화를 듣던 애니가 불쑥 끼어들었다.

"제 걸 떼세요."

"뭐라고?"

"제 폐요. 그걸 떼어내야 해요."

"애니, 그건 고려 사항이 아니야……."

"아뇨, 가능한 일이에요. 그러면 그이를 구할 수 있어요!"

삼촌과 의료진은 잘못된 생각이라고 설득했다. 하지만 애니는 악을 쓰며 단호하게 나갔다. 간호사로서 이식에 요구되는 기본 사항을 잘 알고 있었기 때문이다. 혈액형이며(애니와 파울로는 혈액형이 같았다) 상대적인 신체 크기며(두 사람의 신장이 같았다). 애니는 수술실 문 너머에 있는 파울로를 계속 바라보았다. 파울로는 간호사들과 기계에 둘러싸여 있었다. 자기를 구해준 파울로, 자신 때문에 죽어가는 파울로.

"애니, 위험 부담이 커……."

"상관없어요……."

"일이 잘못될 수도 있어."

"상관없다고요!"

"상황이 나빠. 우리가 성공해도 파울로가……."

"뭐예요?"

"살아나지 못할 수도 있어."

애니가 침을 삼켰다.

"그이가 살지 못하면 나도 살고 싶지 않아요."

"그런 말 마라……."

"진심이에요! 제발요, 데니스 삼촌!"

너무 울어서 더 흘릴 눈물도 없을 것 같았다. 두 시간 전만 해도 파울로와 얼마나 행복했는지 기억났다. 두 시간? 어떻게 인생이 두 시간 사이에 이렇게 변할 수 있을까? 애니는 리무진 뒷자리에서 파울로가 한 말을 되새겼다. 애니를 위로하려고 했던 그 말을.

"우린 방금 결혼한걸."

애니가 온몸을 부르르 떨었다. 데니스는 크게 한숨을 내쉬더니 연노란색 마스크를 쓴 선임 외과의에게 몸을 돌리고 피차 아는 이름을 말했다. 병원 최고의 이식 전문가였다.

"호출하세요."

선임 외과의가 말했다.

*

나머지 절차는 비가 쏟아지듯 순식간에 지나가버렸다. 모니터가 작동되고 들것이 굴러가고, 알코올 소독, 바늘, 튜브……. 애니는 세상과 자신 사이에 어떤 껍질이 존재하는 것처럼, 그 모든 것을 무시했다. 중대한 위기 속에서는 작은 믿음이 구원이 될 수 있다. 애니의 구원은 이것이었다. 신랑을 구할 수 있다. 실수를 만회할 수 있다.

'각자 폐 하나씩, 둘이 나누는 거야.'

광산에 갇힌 광부가 한 줄기 빛에 매달리듯, 애니는 여기에 초점을 맞췄다.

애니는 수술대에 누워서 기도했다.

'그를 살려주세요, 하느님. 제발 그를 살려주세요.'

마취 기운이 퍼지면서 팔다리에 힘이 빠지고 눈이 감겼다. 마지막으로 기억나는 것은, 자신의 어깨를 잡는 손길과 남자의 목소리였다.

"잠시 후에 만나."

세상이 빙빙 돌더니 동굴 밑으로 내려간 듯 갑자기 어두워졌다. 암흑 속에서 애니는 이상한 것을 보았다. 결혼식에서 본 노인이 양팔을 벌리며 애니에게 달려오고 있었다.

그때 모든 게 하얗게 변했다.

애니, 실수하다

애니는 두 살이다. 아기용 의자에 앉아 있다. 앞에 놓인 초록색 빨대컵[5]에 사과주스가 담겨 있다.

"제리, 잘 봐요. 애니가 빨대로 주스를 먹을 수 있어요."

엄마가 컵 뚜껑을 벗기면서 말한다.

"으음."

아빠가 중얼댄다.

"또래 애들은 이렇게 못 해요."

"나 바쁜데, 로레인."

"신문 보면서."

"맞아."

애니가 몸을 번쩍 든다.

"아이가 관심을 받고 싶어 해요."

"주스 마시는 건 많이 봤어."

"빨대를 쓸 수 있다니까요."

"어, 아까 말했잖아."

"제발요, 제리? 잠깐이면 되는데……."

"됐어. 가야 해."

제리가 신문을 탁 내려놓고는 식탁에서 일어난다. 시끄

5 뚜껑에 빨대를 꽂을 수 있는 컵.

럽게 의자 미는 소리가 들린다.

"다음에 보여줄 수 있게 연습해보자. 알았지?"

엄마가 빨대 포장지를 벗기면서 말한다.

엄마가 보드라운 뺨을 쓰다듬자, 관심받은 게 좋은지 애니가 손을 휘젓다가 주스를 엎지른다.

"애한테 뭐 하는 거야?"

제리가 현관 복도에서 고함친다.

"아무것도 아니에요!"

"아무것도 아니기는!"

엄마가 키친타월을 집어서 주스를 닦는다.

그리고 애니에게 속삭인다.

"괜찮아, 아가. 어쩌다 생긴 일이야."

로레인이 딸의 뺨에 입을 맞춘다. 현관문이 쾅 닫히자 고개를 떨구고 되뇌인다.

"어쩌다 생긴 일이야. 이제 다 끝났어."

여정

보통 잠자다가 눈을 뜨면 모든 게 다시 조정된다. 꿈이 사라지고 그 자리에 현실이 들어선다.

그런데 이건 꿈이 아니었고 다음에 벌어진 일은 평소 잠을 깰 때와 달랐다. 눈이 떠지지 않았는데도 또렷하게 보였다.

또한 움직이고 있었다.

유리로 된 엘리베이터가 공중으로 쑥 올라가듯 발밑 바닥이 위로 솟구쳤다. 그러면서 애니는 다양한 색깔들을 휙휙 지나쳤다. 라벤더 색, 레몬 색, 아보카도 같은 초록색.

바람결은 느껴지지 않았지만, 바람 소리는 들렸다. 돌풍이 애니를 향해오다가 터널 속으로 빨려들듯 사라졌다. 숨을 크게 들이쉬었다 내쉰 것처럼 말이다. 이상하게도 걱정되지 않았다. 솔직히 애니는 아무 근심도 없었다. 기분이 가뿐하고 아이처럼 태평했다.

그때 몸속에서 뭔가 솟구쳤고, 그 느낌은 뭐라고 말 못할 만큼 생경했다. 신체 부위가 다 어긋난 것 같았다. 팔다리가 길어지고 머리가 낯선 목에 붙은 느낌이 들었다. 머리를 스치는 이미지들은 떠올려본 적 없는 것들이었다. 집 안쪽, 교실에 있는 얼굴들, 힐끗힐끗 보이는 이탈리아 시골 풍경.

순간 의식에서 빠져나갈 때만큼 급히 원래 의식으로 돌

아왔고, 또다시 색깔들이 휙휙 지나쳤다. 옥색, 노란색, 연어 색, 레드와인 색. 다시 생각을 붙들어보려고, 파울로를 생각하려고 했다.

'파울로가 다쳤나? 파울로에게 내가 필요할까?'

기억의 물살을 거슬러 헤엄치는 기분이었다. 벌룬. 화재. 충돌. 병원.

"운이 좋았을 수도 있어."

'파울로가 살았나?'

"우린 방금 결혼한걸."

'내가 그를 구했나?'

"잠시 후에 만나……."

'여기가 어디야?'

애니, 실수하다

애니는 네 살이다. 저녁 식탁에 앉아 있다. 부모님은 부부 싸움 중이다. 애니는 포크로 장난을 친다.

"난 당신을 믿을 수가 없어요."

엄마가 말한다.

"그냥 벌어진 일이라니까."

아빠가 대꾸한다.

"크림시클[6] 먹어도 돼?"

애니가 묻는다.

"저리 가서 놀아, 애니."

엄마가 중얼대듯 말한다.

"저리 가서 놀아."

아빠가 똑같이 말한다.

"그런데 크림시클 먹어도 돼?"

"애니!"

엄마가 이마를 문지른다.

"우린 어떻게 해야 되죠?"

"아무것도 할 필요 없어."

"지난번처럼? 아니면 예전에 여러 번 그랬던 것처럼?"

---

6 아이스바의 상표명.

"아빠……?"

"애니! 제발 입 좀 다물어!"

아빠가 윽박지른다.

애니가 고개를 떨군다. 엄마가 식탁에서 일어나 빠른 걸음으로 복도를 내려간다.

아빠가 쫓아가면서 소리친다.

"아, 그래, 잘도 도망치는군. 대체 나더러 어쩌라는 거야? 어?"

"당신이 결혼했다는 걸 기억하라는 거죠!"

엄마가 소리친다.

이제 혼자가 된 애니는 의자에서 미끄러져 내려온다. 살금살금 냉장고로 간다. 손잡이를 당긴다. 턱 소리가 나면서 냉장고가 열린다.

찬 공기가 나온다. 거기 있다. 크림시클 상자. 한 개 꺼내고 싶다. 그러면 안 되는 줄 안다. 더 아래쪽에 얼린 허시 초콜릿 두 개가 있다. 엄마 아빠가 좋아하는 거다. 엄마 아빠한테 갖다주려고 한 개 집는다. 아마 둘은 싸움을 그치겠지. 어쩌면 애니에게 크림시클을 먹게 해줄 거야.

애니가 냉장고 문이 닫히는지 보려고 물러서는데 거대한 두 손이 몸을 들어 올린다.

"멍청한 계집애! 그러지 말라고 했지!"

아빠의 고함에 허시 초콜릿이 뚝 떨어진다.

애니가 뺨을 얻어맞고 눈을 감는다. 세상이 까매진다.

다시 철썩. 눈물이 차오른다. 또 한 대. 애니는 귀가 아플 정도로 엉엉 운다.

"그만해요, 제리!"

엄마가 소리친다.

"하지 말라면 하지 말아야지!"

"그만하라고요!"

다시 철썩. 애니는 현기증을 느낀다.

"제리!"

아빠가 애니를 내려놓자, 애니는 털썩 주저앉아버린다. 엄마 아빠가 소리를 지르고, 애니는 바닥에서 훌쩍인다. 다가오는 발소리가 들린다. 엄마가 자신을 향해 몸을 굽힌다.

다음 날 아침 아빠가 집을 나간다. 문을 쾅 닫고 떠난다. 애니는 아빠가 떠난 이유를 안다. 내가 크림시클을 먹으려 했기 때문이지. 그래서 아빠가 집을 나간 거야.

도착

파랑. 온통 파랬다. 애니는 하나의 색에 휩싸여 있었다. 몸이 한없이 가뿐하고 이상하게 궁금증이 생겼다.

'여기가 어디지?'

'무슨 일이 생긴 거야?'

'파울로는 어디 있을까?'

애니는 자기 몸을 전혀 볼 수 없었다. 눈을 제외한 온몸을 파란색이 담요처럼 휘감고 있었다. 그러더니 은색 레일과 갈색 가죽 쿠션, 큰 의자가 갑자기 나타나 둥둥 떠다녔다.

애니는 본능적으로 의자를 잡으러 가다가 큰 충격에 휩싸였다. 앞에 오른손만 달랑 떠 있었기 때문이다.

팔목도 없이. 팔뚝도 없이. 팔꿈치도 없이. 어깨도 없이. 파란색이 자신의 몸을 감싼 게 아니었다. 애니는 몸 자체가 없었다. 허리나 엉덩이가 없었다. 배랑 허벅지, 발이 없었다.

'이게 뭐야?'

'나머지 몸은 어딨는 거지?'

'내가 지금 뭐 하는 거지?'

마치 설거지할 때 유리컵에서 세제가 씻겨나가듯 주변의 파란색이 번지더니, 왼쪽으로는 눈 덮인 산이, 오른쪽으로는 도시의 마천루가 나타났다. 애니가 제자리 뛰기라도

하는 것처럼 모든 게 질주했다. 아래를 내려다보니 트랙들이 휙휙 지나갔다. 무엇인지 알 것 같은 확실한 소리가 들렸다.

기적 소리.

애니가 의자를 놓자 사라져버렸다. 그러곤 더 앞쪽에서 다른 의자가 나타났다. 그 의자를 움켜잡았지만 사라져버렸다. 새 물체가 나타나 애니를 앞으로 이끌었다. 마침내 어떤 칸의 문 앞에 도착해 있었다. 문에는 화려한 황동 손잡이가 붙어 있었다. 애니가 손잡이를 당겼다.

그러자 실외에서 실내로 들어갔다. 화가가 펜을 놀리듯 애니 주변에 기관차가 그려졌다. 천장이 낮고 바닥에 쇠못들이 박혀 있었다. 사방에는 패널과 계기, 레버가 있었다. 1950년대 기차 같았다.

'이게 무슨 꿈이지?'

'내가 왜 이렇게 가벼운 거지?'

'다들 어디 있는 거야?'

무언가 눈길을 끌었다. 저 위쪽 차장석에서 작은 머리 하나가 눈에 들어오더니 사라졌다.

"됐어! 됐어!"

젊은 청년의 목소리였다.

평상시에 이런 꿈을 꾸었다면 애니는 달아났을지도 모른다. 자면서 낯선 사람을 보면 더럭 겁이 나니까. 그런데 사후에는 위험이 인지되지 않았고 애니는 운전석 옆에 다

다를 때까지 계속 앞으로 갔다. 아래를 보니 예상치 못했던 게 보였다.

핸들 앞에 청년이 앉아 있었다. 캐러멜 빛 피부와 까만 머리의 청년은 줄무늬 반팔 셔츠와 장난감 권총 케이스를 차고 있었다.

"내가 너무 빨리 달리나요?"

청년이 물었다.

애니, 실수하다

여섯 살 애니는 학교에서 집으로 간다. 평소처럼 상급생 셋과 함께 걷는다. 워런 헬름스는 열한 살, 워런의 여동생 데번은 아홉 살, 리사는 막 여덟 살이 됐다.

"영성체라고 해."

리사가 말한다.

"뭘 하는데?"

애니가 묻는다.

"교회에 가서 잘못했다고 말하고 쿠키를 먹어."

"웨이퍼[7]야."

워런이 말한다.

"그런 다음 선물을 받지."

"선물을 왕창 받아."

데번의 말에 애니가 묻는다.

"정말이야?"

"난 자전거를 받았지롱."

워런이 대꾸한다.

애니는 샘이 난다. 자기도 선물을 좋아하는데, 이제는 크리스마스랑 생일에만 선물을 받는다. 엄마는 아빠가 떠

---

7 면병. 가톨릭교회의 성체용 빵.

난 후 '허리띠를 졸라야' 된다고 말한다.

"나도 영산체를 받을 수 있어?"

"영성체, 바보야."

"가톨릭 신자여야 되는데. 너도 가톨릭 신자야?"

애니는 어깨를 으쓱한다.

"몰라."

"가톨릭 신자라면 알겠지."

워런이 말한다.

"어떻게?"

"그냥 알 거야."

애니는 구둣발로 보도블록을 두드린다. 너무 어린 나이가 한계처럼 느껴진다. 매일 집에 같이 오는 헬름스 남매들과 있을 때 자주 느끼는 기분이다. 반 친구들은 대개 엄마가 데리러 온다. 하지만 애니는 일하러 간 엄마가 퇴근할 때까지 이웃집에서 기다린다.

"마녀네 집이다."

워런이 말한다.

아이들이 갈색 단층집을 쳐다본다. 빗물받이가 주저앉았고 현관 입구가 너저분하다. 칠은 벗겨지고 나무도 썩어 있다. 늙은 마녀가 사는 집인데 오래전에 한 아이가 들어갔다가 나오지 않았다는 소문이 있다.

"마녀네 집에 노크하면 5달러 줄게."

워런이 말한다.

"난 됐어."
데번이 대답한다.
"나도 돈 필요 없어. 주일에 선물 받을 텐데 뭐."
리사가 말한다.
"네가 결정해, 애니."
워런이 주머니에서 5달러짜리 지폐를 꺼낸다.
"이걸로 살 수 있는 게 많은데."
애니는 멈춰 선다. 선물을 생각해본다. 현관문을 빤히 쳐다본다.
"어쩌면 마녀가 집에 없을지도 모르지."
워런이 말한다. 그리고 지폐를 흔들면서 덧붙인다.
"오- 오- 오 달러."
"그걸로 장난감을 몇 개나 살 수 있는데?"
애니가 묻는다.
"많이."
데번이 대답한다.
애니는 결정하려는 듯 곱슬머리를 당긴다. 그러다가 머리카락을 놓고 통로를 지나 현관 앞으로 간다. 애니가 아이들을 돌아본다. 워런이 문을 두드리라는 시늉을 한다.
애니는 숨을 들이쉰다. 가슴이 콩닥콩닥 뛴다. 다시 선물들을 떠올린다. 방충문을 향해 주먹을 뻗는다.
노크도 하기 전에 문이 활짝 열리더니 가운 입은 백발의 부인이 애니를 내려다본다.

"무슨 일이니?"

부인이 쉰 목소리로 묻는다.

애니는 움직일 수가 없다. 아니라고, 아무 일도 아니라는 듯 고개를 저을 뿐이다. 부인은 애니 너머로 달아나는 애들을 쳐다본다.

"쟤들이 너한테 이러라고 시켰니?"

애니가 고개를 끄덕인다.

"넌 말할 줄 모르니?"

애니는 침을 꿀꺽 삼킨다.

"선물을 갖고 싶었어요."

노부인이 찡그린다.

"사람들을 성가시게 하면 못 쓴다."

애니는 부인의 얼굴에서 눈을 떼지 못한다. 길고 비뚜름한 코, 갈라진 얇은 입술, 눈 밑의 거무죽죽한 자국.

"정말 마녀예요?"

부인이 곁눈질을 한다.

"아니. 넌?"

애니가 고개를 젓는다.

"난 아파서 그런 것뿐이야. 그만 가봐라."

부인이 말한다.

문이 닫힌다. 애니가 숨을 내쉰다. 몸을 돌려 자신을 기다리는 아이들에게 뛰어간다. 애니는 아이들을 만나자 부인에게 들은 대로 전한다.

워런이 말한다.
"그럼 거래가 깨졌네. 부인이 진짜 마녀가 아니니까."
애니는 어깨를 떨군다.
돈을 못 받는다.

첫 번째 만남 _ 상처

"내가 너무 빨리 달리나요?"

애니는 줄무늬 셔츠를 입은 청년을 빤히 쳐다보았다.

여기가 어디죠?

"안 들려요."

여기가 어디…….

"안 드-을-린다고요!"

내 말은…….

청년이 빙그레 웃었다.

"당신이 말을 못 하니까 안 들린다고요, 바보 씨."

맞는 말이었다. 애니는 입이 없었다. 그저 머릿속으로 듣고 있을 뿐이었다.

청년이 말했다.

"처음 도착하면 누구나 말을 못 해요. 덕분에 더 잘 듣죠. 아무튼 사람들이 그렇게 말하더라고요."

누가요?

"내가 처음 만난 사람들이요."

내 말이 들려요?

"당신이 생각하는 건 들려요."

당신은 누구죠?

"사미르."

왜 여기 있어요?

"일종의 의무죠."

여기가 어딘데요?

"아직도 모르겠어요?"

사미르가 창문 너머로 색깔이 휙휙 변하는 하늘을 가리켰다.

"천국이에요."

내가 죽었어요?

"아이고, 둔하시네."

*

빗방울이 유리창에 흐르듯 애니의 생각이 사방으로 흘러내렸다. 내가 죽었다고? 천국? 열기구 사고? 파울로는?

내 몸은 어디 있죠? 내가 왜 이런 거예요?

사미르가 대답했다.

"나도 몰라요. 지상에서 누가 몸을 잘라냈나요?"

애니는 이식수술을 떠올렸다.

그런 셈이죠.

"그것 때문일 수도 있겠네요. 저기요, 이것 좀 보세요."

사미르가 납작한 버튼을 두드리자 기차에서 기적 소리가 울렸다.

"맘에 든단 말이야."

사미르가 중얼댔다.

부탁이에요. 난 여기 사람이 아니에요. 그건 가당치 않은 일이었어요…….

"뭐가요?"

알잖아요.

"죽은 거요?"

그래요.

"왜요? 난 죽었는데요."

하지만 난 그럴 때가 아니었어요. 늙지도 병들지도 않은걸요. 난 그저…….

"뭐요?"

애니는 결혼식 날 밤을 회상했다. 고장 난 차량 때문에 차를 세웠고 그게 열기구 사고로 이어졌다. 또 그 일이 이식수술로 이어지면서 이렇게 되었다.

실수를 하는 사람일 뿐이에요.

사미르가 눈을 굴리며 말했다.

"아이고야. 자존감에 문제 있는 분이 납셨네."

*

사미르가 핸들을 밀었다. 그러자 기차가 휘몰아치듯 속도를 내면서 공중으로 떠올랐다가 오르락내리락하기도 하고, 레이싱카처럼 획 돌기도 했다.

"유후!"

사미르가 소리쳤다.

어느새 애니 앞에는 보랏빛 바다가 펼쳐져 있었다. 해안이 가까워지면서 거대한 파도가 부서지고 하얗고 큰 포말이 이는 모습이 보였다.

잠깐만…….

"걱정 말아요. 한두 번 해본 게 아니니까."

사미르가 기차를 휙 낙하시키자 애니는 충돌에 대비했지만, 다행히 아무 일도 일어나지 않았다. 그저 조용히 섞여들었고, 창밖이 보이젠베리[8] 색깔로 변했을 뿐이다.

"봤죠?"

어디로 가는 거죠?

"'언제'가 더 맞는데요."

사미르가 핸들을 잡아당기자 기차가 새 세계로 보이는 곳에 들어섰다. 겉모습은 지상과 비슷했다. 기차가 속도를

---

8 블랙베리, 라즈베리, 로건베리를 이종 교배한 나무딸기의 한 종류.

늦추더니 작은 동네의 변두리에 있는 철로에 올라섰다. 그곳에는 흰 알루미늄 자재를 댄 초라한 작은 집들이 있었다.

"준비해요."

사미르가 주먹으로 앞 유리창을 깼다. 유리가 산산조각 났다. 이번에는 브레이크 레버를 당겼고, 곧 끽 소리를 내며 기차가 정지했다.

사미르와 애니가 깨진 유리창 틈으로 나왔다.

"야호! 끝내주네, 그렇죠?"

사미르의 외침과 동시에 두 사람이 솟구쳤다.

그 순간 둘은 철로 옆에 섰다. 땅에 내려서지도 않았고 충돌도 없었다.

"흠, 끝내줄 줄 알았다니까."

사미르가 중얼댔다.

*

이제 고요해졌다. 기차는 사라졌다. 나무들은 앙상하고 땅에는 낙엽이 수북이 쌓여 있었다. 풍경 역시 옛날 영화처럼 암갈색 도는 녹청색으로 변했다.

애니는 생각했다.

제발요, 이해가 안 돼요.

"뭐가요?"

뭐든. 내가 왜 여기 있는지. 당신은 왜 여기 있는지.

사미르가 대답했다.

"내가 여기 있는 것은 다들 천국에 처음 오면 지상에서 관계있던 다섯 사람을 만나기 때문이에요."

어떤 부류의 사람이요?

"그걸 알아내는 거죠. 그 사람들은 당신이 살면서 몰랐던 것을 가르쳐줄 거예요. 당신이 겪은 일들을 이해하는 데 도움이 되죠."

잠깐만요. 그럼 당신이 내 첫 번째 사람이에요?

"별로 반갑지 않은 모양이네요."

미안해요. 다만…… 난 당신을 모르거든요.

"그렇게 자신 있게 말하지 마요."

사미르의 손이 애니의 눈가를 스쳐 지나가자 곧 애니의 얼굴이 돌아왔다. 애니는 자신의 뺨을 어루만졌다.

무슨 짓을 한…….

"안심해요. 내게 병균이 있는 것도 아니니까요. 자, 잘 보라고요. 중요하니까."

사미르가 철로를 가리켰다. 애니의 눈이 극도로 좋아졌는지, 저 멀리 굴뚝에서 연기를 뿜으며 다가오는 두 번째 기차가 보였다. 그리고 그 옆에서 기차를 따라잡으려는 듯 달리고 있는 사내애도 보였다. 그 애가 팔을 뻗으면서 휘청하더니 다시 뛰었다. 낯익은 아이 얼굴이 애니의 눈에 들어왔다. 검은 머리, 캐러멜 빛깔 피부, 줄무늬 셔츠, 카우보이 총집.

잠깐만. 저거 당신이에요?

"더 어리고 멍청하죠."

사미르가 대답했다.

"그때는 내가 날 수 있을 줄 알았으니깐요. '이 기차에 연처럼 매달려 있어야지'라고 생각했어요."

사미르가 어깨를 으쓱하면서 덧붙여 말했다.

"겨우 일곱 살이었거든요."

아이는 기차에 매달리려고 다시 뛰어들었지만 헛수고였다. 마지막 객차까지 휙 지나가려고 할 때였다. 아이가 이를 악물고 양팔을 움직이며 다시 한번 시도했다. 이번에는 뒤쪽 승강구 난간에 손가락을 걸었다.

하지만 잠깐이었다.

기차의 속력이 너무 빨라서 아이의 팔이 몸통에서 떨어져 나갔다. 사내애는 흙바닥에 처박혔고 너무 놀란 나머지 비명을 질렀다. 셔츠 소매에 피가 흥건했다. 잘린 팔이 철로에 뚝 떨어져 돌을 빨갛게 물들였다.

사미르가 애니를 바라보았다.

"아야."

사미르가 말했다.

일요일 10: 30 A.M.

톨버트라는 남자가 영수증에 서명을 했다. 카운터 여직원이 영수증 사본을 내밀며 말했다.

"다 됐네요."

톨버트는 차가 나오기를 기다리며 아내를 생각했다. 아까 집에서 나올 때, 톨버트는 아내를 살짝 건드려 깨웠었다.

"금방 돌아올게."

톨버트가 속삭였다.

"어?"

"당신 타이어에 펑크가 났었어."

"……그래요?"

"새 타이어를 사야 해."

"……알았어요. 조심해요."

아내가 돌아누웠다.

이제 톨버트는 벽에 매달려 있는 타이어를 힐끗 보면서 어젯밤 차를 세우고 자신을 도와준 신혼부부를 떠올렸다. 신랑은 턱시도 차림으로 자신을 도우면서 다 신부가 하자고 한 일이라고 말했다. 좋은 사람이었다. 재미있고. 이 일을 겪으면서 톨버트는 사람들에게 호감을 느꼈다. 물론 늘 그런 건 아니었지만.

정비사가 차를 끌고 왔다.

"새 차처럼 말끔한데요. 여분의 타이어는 트렁크에 넣어

됬습니다."

"고맙소."

톨버트가 말했다.

톨버트는 차에 타자마자 휴대폰을 꺼내 조수 테디의 단축번호를 눌렀다.

음성 사서함으로 넘어갔다.

다시 번호를 눌렀다.

마찬가지.

사무실 번호를 눌렀다.

또 음성 사서함.

"아이고, 망할 녀석."

톨버트가 중얼댔다.

톨버트는 백미러를 힐끗 보더니 차를 돌렸다. 집 대신 열기구 탑승장으로 향했다. 사람에 대한 호감이 싹 사라졌다.

첫 번째 교훈

애니는 다친 아이를 물끄러미 쳐다봤다. 자갈밭에 쓰러진 아이는 팔 하나가 없고 출혈이 심했다.

왜 나한테 이런 걸 보여주죠? 끔찍해요.

"그래요, 나도 그렇게 울어보긴 처음이었어요. 늑대처럼 울부짖었죠."

사미르가 대답했다.

당신은 죽었나요?

"그랬을 거예요. 그런데……."

사미르의 손짓을 따라가자 기차 창밖으로 고개를 내밀고 있는 사람이 보였다. 블랙 캣츠 아이 모양의 안경을 쓴 나이 든 여자였다. 그 여자의 고개가 다시 안으로 들어갔다.

기차가 느려졌다.

사람들이 뛰어내렸다.

그들은 아이에게 뛰어갔다.

그 여자도 달려갔다.

여자는 아이의 잘린 팔을 붙잡더니 재킷을 벗어 상처를 감쌌다.

"다음 부분으로 넘어가보죠. 이거 영 별로네요."

사미르가 말했다.

*

곧 둘은 어느 병원의 대기실에 있었다. 남자들은 담배를 피웠고 여자들은 바느질을 했다. 낮은 탁자에서 말없이 잡지를 집어 드는 사람들도 있었다.

사미르가 말했다.

"이때는 1961년이에요. 저 사람이 어머니고요."

사미르가 빨간 코트를 입은 여인을 가리켰다. 그녀는 양 손으로 입을 가리고 있었다.

"저분이 아버지."

이번에는 수염이 덥수룩하고 갈색 양복을 입은 사내를 가리키며 말했다. 아버지는 아들처럼 머리색이 까맸고 왼쪽 다리를 초조하게 떨고 있었다. 애니는 기차에 있던 여자를 봤다. 그 여자는 블라우스 차림으로 팔짱을 낀 채 구석에 서 있었다.

의사가 들어서자 모두 고개를 돌렸다. 의사는 숨을 내쉬고는 환하게 웃으며 무언가 이야기를 했다. 곧 부부가 포옹하더니 고맙다는 듯 의사의 손을 잡았다.

그런 다음 영화를 빨리 감기 하듯 모든 게 휙휙 지나갔다. 카메라를 든 사람들이 있었고 플래시가 터졌다. 사미르의 어머니와 아버지는 침대에 누운 소년 옆에 있고.

"내가 역사를 썼죠."

사미르가 애니에게 말했다.

역사?

"팔을 완전히 다시 붙인 첫 번째 성공 케이스거든요."

사미르가 씩 웃으면서 덧붙였다.

"멍청한 것치고는 꽤 잘됐죠?"

애니는 눈앞에서 펼쳐지는 장면들을 계속 지켜보았다. 재킷을 걸친 사내애가 풋볼을 들고 포즈를 취했다. 병원을 떠날 때까지 사진사들과 기자들은 그 모습을 일일이 촬영했다.

내가 왜 이걸 보고 있어야 하죠?

"왜냐면 당신도 같은 일을 겪었으니까."

어떻게 알아요?

"알다니 뭘요?"

나한테 어떤 일이 벌어졌는지 말예요.

"그거야 쉽지요. 내가 거기 있었거든요."

사미르가 하나밖에 없는 애니의 손을 잡았다.

*

사미르는 애니를 병원 복도로 이끌었다. 천장이 높아지고 셀로판지가 펴지듯 창문들이 펴졌다.

사미르가 말했다.

"의사들이 나를 수술한 방법이 새로운 기준이 되었습니다. 내가 무지하게 기차를 쫓아간 덕분에 장차 많은 환자들이 치유됐지요."

애니는 사미르의 어휘력이 좋아진 걸 눈치 챘다. 사미르의 날렵한 콧잔등과 덥수룩한 숱 많은 앞머리를 쳐다보며 물었다.

말투가 왜 이렇게……?

"뭐가요?"

어른스러워진 거죠?

청년이 싱긋 웃었다.

"들켰군요."

갑자기 복도가 덜컥대더니, 곧 둘은 거대한 관에서 흔들거리다가 내동댕이쳐졌다. 줄무늬 셔츠를 입은 사미르가 변하고 있었다. 둘이 아래로 떨어졌을 때, 사미르는 중년 남자로 변해 있었다. 가지런히 넘겨 빗은 머리, 넓은 어깨, 배가 나와 앞자락이 벌어진 흰 가운.

방금 무슨 일이 벌어진 거예요?

"성경 구절을 기억합니까? 내가 어렸을 때에는 말하는 것이 어린아이와 같고…… 장성한 사람이 되어서는……."

의사예요?

"흠, 그랬죠. 심장마비. 고혈압. 의사들이 자기 몸을 환자보다 잘 챙길 거라 생각하지 마십시오."

사미르가 가운에 있는 명찰을 가리켰다.

"말했듯이 사미르라고 합니다. 닥터 사미르라고 불러도 좋고요. 뭐, 여기서 호칭이 뭐가 중요하겠습니까마는. 그런데 아까 '바보 씨'라고 불러서 미안합니다. 내 어릴 때 모습으로 당신을 만났거든요. 상당히 밉살스런 녀석이었던지라."

애니는 현기증을 느꼈다. 감당하기 힘들었다. 이곳은 다른 병원이었다. 복도가 더 환했고, 벽에는 새 그림이 걸려 있었다.

여기가 어딘가요?

"기억 안 납니까?"

내가 어떻게 기억할 수 있겠어요? 이건 당신의 기억이잖아요?

"기억들이 겹치거든요."

둘은 복도를 미끄러지듯 내려가 개인 병실로 들어갔다. 사미르는 침대에 누운 환자에게 다가갔다. 노란 곱슬머리 여자애가 팔꿈치부터 손가락까지 붕대를 감고 있었다.

"좀 어떠니, 애니?"

사미르가 물었다.

아이가 입을 달싹이자 애니는 마치 자신이 대답하는 것처럼 느껴졌다.

"무서워요."

애니, 실수하다

여덟 살 애니는 루비 가든행 기차에 탔다. 밑단이 너덜너덜한 반바지와 가슴에 오리 캐릭터가 그려진 연두색 티셔츠를 입고. 옆에는 엄마가 앉아 있고 그 옆에는 엄마의 현재 애인인 밥이 있다.

밥은 윗입술을 가릴 만큼 콧수염을 덥수룩하게 길렀고, 그전 애인인 토니는 항상 선글라스를 썼으며, 토니 전 애인인 드웨인은 손목에 문신이 있었다. 엄마의 애인들은 하나같이 애니와 제대로 대화하지 않았다. 애니가 뭔가 물어봐야만 겨우 대꾸할 뿐이었다.

기차에서 밥이 엄마의 손을 잡고 조물대자, 엄마가 턱으로 딸을 가리키면서 손을 뿌리친다. 엄마가 밥을 좋아하지 않는 것인지 애니는 궁금하다.

그들은 루비 가든의 입구로 들어가 뾰족탑과 첨탑과 커다란 아치 밑을 지난다. 애니는 하이칼라 드레스 차림으로 파라솔을 들고 공원에 온 손님을 맞는 여인의—그녀가 바로 루비다—형상을 바라본다. 아빠가 집을 나간 후 엄마와 자주 왔던 곳이다. 단둘이서만. 회전목마를 타고 슬러시를 마시고 소시지가 든 옥수수 빵을 먹었다. 재밌었다. 그런데 최근에는 엄마 애인도 같이 왔다. 애니는 예전으로 돌아가고 싶다.

엄마는 티켓 20장을 사주면서 롤러코스터나 프레디 낙

하 같은 성인용 놀이기구에는 얼씬도 하지 말라고 이른다. 애니는 고개를 끄덕인다. 어떻게 해야 되는지 안다. 스낵바를 안다. 범퍼카도 안다. 엄마가 밥이랑 떠났다가 네 시 이후에나 돌아와서 '재미있게 놀았니, 애니?'라고 물으리란 걸 안다. 하지만 사실 딸이 즐겁게 지냈는지는 관심 없을 것이다.

한낮 햇살이 따갑다. 애니는 파라솔이 펼쳐진 테이블 앞에 앉는다. 지루하다. 놀이기구를 고치는 할아버지가 애니 앞을 지나간다. 유니폼에 '에디'와 '관리자'라고 적힌 명찰이 붙어 있다. 에디가 맞은편에 앉아 기구들을 점검하듯 둘러본다.

애니는 에디 주머니에 파이프클리너가 있기를 바라면서 다가간다.

"실례합니다, 에디 관리자님?"

에디가 한숨을 쉰다.

"그냥 에디라고 부르렴."

"에디?"

"응?"

"혹시 저한테 만들어주실 수 있어요……?"

애니가 기도라도 할 것처럼 양손을 모은다.

"아이고, 꼬마야. 아저씨가 무척 바쁘단다."

애니가 동물 모양으로 부탁하자 에디는 노란 파이프클리너들을 꼬기 시작하더니 토끼를 건넨다. 애니는 기뻐 받아 들고 다시 파라솔 테이블로 뛰어간다.

애니는 한동안 장난감을 갖고 논다. 하지만 곧 다시 지루해진다. 겨우 두 시다. 가운데로 걸어가서 나무 고리를 유리병에 던지는 게임을 하려고 한다. 티켓 한 장을 내야 하지만, 아무튼 상품을 받을 수 있다.

세 번 빗맞힌 후 작은 비닐 포장지를 받는다. 그 안에는 발사나무 비행기가 들어 있다. 애니는 비행기 한 부분을 다른 부분에 끼운다. 비행기를 높이 날린다. 비행기가 원을 그리며 날아간다. 다시 해본다.

마지막으로 던졌을 때 비행기가 손님들 머리 위를 날아 난간 너머에 떨어진다. 프레디 낙하 플랫폼의 난간으로. 물론 그 안으로는 들어가지 못하게 막아놓았다. 애니가 사방을 둘러본다. 머리 위로 어른들이 보인다.

애니는 난간 밑으로 쏙 들어간다.

비행기를 집는다.

그 순간 어떤 여자가 비명을 지른다.

모두 하늘을 향해 손짓한다.

불현듯 사미르가 누군지, 둘이 왜 이 병원에 있는지 전부 이해된다. 어린 애니의 몸 안에 든 영혼은 병상에 누워서 아이의 눈으로 바라보고 있었다. 애니는 노란 환자용 양말을 신은 발을 꼼지락댔다.

"내 의사였군요."

애니가 속삭였다.

"목소리가 돌아왔네요."

사미르가 말했다.

애니는 더 힘주어 말하려다가 기침을 했다.

"내 목소리가 아이 같네요."

"천국에서 길을 따라가는 중이거든요."

"내가 왜 이 상황을 되풀이하나요?"

"모든 게 하나로 엮여 있으니까. 난 나이 들면서 내가 얼마나 행운아였는지 깨달았습니다. 철이 들었지요. 공부에 매진했습니다. 대학에 진학했고 이후 의과대학에 들어갔습니다. 재접합술을 전공했고요."

애니가 눈을 가늘게 떴다.

"신체 부위를 다시 연결하는 것을 거창하게 말하면 그렇습니다."

"내 손을 구해주신 분이군요?"

"나와 다른 의사 셋이서요. 몇 시간밖에 여유가 없었어요. 그 시간이 지났다면 너무 늦어버렸을 겁니다."

애니는 붕대를 맨 어린 손을 물끄러미 바라보았다.

"사고가 기억나지 않아요. 모든 걸 지웠어요."

"이해할 만합니다."

"정말 미안하지만 선생님도 기억나지 않아요."

사미르는 어깨를 으쓱했다.

"많은 아이들이 주치의를 기억하지 못해요. 태어날 때 받아준 의사부터 시작해서."

*

애니는 앞에 있는 성숙한 얼굴을 찬찬히 살폈다. 중년이 되어 아래턱이 처지고 관자놀이 부근이 희끗희끗했다. 검은 눈에서 치기 어린 소년의 그림자가 보였다.

"여기가 정말 천국이라면 왜 선생님이 나를 맞이하고 있나요? 하느님을 만나야 되는 게 아닌가요? 아니면 예수님이나? 그것도 아니면, 적어도 기억에 남는 사람을 만나야 되잖아요?"

사미르가 대답했다.

"시간이 지나면 그럴 겁니다. 하지만 처음에 만나는 다섯 사람은 이유가 있어서 선택됩니다. 지상에서 어떤 방식으로 당신에게 영향을 준 사람들이지요. 어쩌면 당신이 알던 이들입니다. 몰랐던 사람들일 수도 있고."

"내가 기억도 못하는 사람들이 어떻게 영향을 줄 수 있었다는 거죠?"

"아, 이제 가르침 부분이네요."

사미르가 자기 손을 톡톡 치면서 말했다.

그러고는 침대를 돌아가더니 창밖을 내다봤다.

"말해봐요, 애니. 당신이 태어나면서 세상이 시작됐습니까?"

"물론 아니죠."

"그래요. 당신이 태어나면서도, 내가 태어나면서도 세상이 시작된 게 아니에요. 그런데 인간들은 지상의 '우리' 시대를 뭐라도 되는 듯 대단해합니다. 그 시절을 따지고 비교하고 묘비에 기록하지요."

사미르가 말을 이었다.

"우리는 우리 시대가 다른 시대와 이어진다는 사실을 잊어버립니다. 우린 한 시대에서 옵니다. 또 한 시대로 돌아가고요. 연결된 우주는 그런 식으로 이해되는 겁니다."

애니는 흰 시트와 파란 담요를 쳐다보았다. 어린 애니의 배 위에 붕대를 칭칭 감은 손이 올려져 있었다. 바로 이때가 삶이 이해되는 것을 '멈춘' 시점이었다.

사미르가 말을 이었다.

"수백 년 전 사람들이 고약과 끈을 사용해서 코를 다시 붙였다는 걸 압니까? 나중에는 와인과 소변을 이용해 잘린 손가락을 보존했고요. 토끼의 귀를 재접합 하는 실험을 하다가 사람에게도 시술했습니다. 내가 태어나기 얼마 전까지도, 중국 의사들은 재접합을 하는 데 여전히 침을 사용했습니다. 침을 벼리는 데 이틀이나 걸렸다더군요."

사미르가 계속 말했다.

"우린 사랑하는 이가 50년만 늦게 태어났으면 그 병으로 죽지 않았을 거라고 한탄합니다. 하지만 그들의 사인은 아마 누군가를 치료하는 데 도움을 줬을 겁니다."

설명이 이어졌다.

"그 기차를 쫓아간 게 내가 저지른 최악의 짓거리였지요. 나 자신에게는. 하지만 담당의들은 지식을 동원해 나를 구했습니다. 또 나는 그들이 한 일을 발전시켜서 당신을 치료했고요. 우린 시도한 적 없는 새로운 기법으로 당신의 손을 수술했습니다. 동맥에 혈액이 더 잘 흐르게 하는 방법이었어요. 효과가 있었지요."

사미르가 몸을 숙여 애니의 손가락을 건드렸다. 그 순간 애니는 자신의 어린 몸에서 솟구쳐 나와, 형체가 없는 상태로 되돌아간 기분이었다.

"이걸 기억해요, 애니. 우리가 뭔가 세울 때는 앞서간 이들의 어깨 위에서 세우는 겁니다. 우리가 산산이 부서지면 앞서간 이들이 우리를 다시 붙여줍니다."

사미르가 흰 가운을 벗은 후 단추를 풀어 셔츠를 벗어젖혔다. 수십 년 전에 생긴 울퉁불퉁한 흉터가 보였다. 이제는 희미해져서 희어멀게져 있었지만.

"나를 알든 모르든 우린 서로의 일부입니다."

사미르가 셔츠를 다시 올렸다.

"수업은 끝났습니다."

애니는 따끔따끔했다. 아래를 보았다. 왼손이 다시 나타났다. 천국에 와서 처음으로 통증이 느껴졌다.

사미르가 말했다.

"오래 아프지는 않을 겁니다. 그냥 기억을 상기시키는 겁니다."

"상실에 대한 기억인가요?"

애니의 물음에 사미르가 대답했다.

"애착에 대한 기억이지요."

*

그 말과 함께 두 사람은 애니가 사후에 도착했던 눈 덮인 산과 대규모 마천루 사이로 돌아갔다. 거대한 철로가 펼쳐졌다. 애니는 자신을 향해 달려오는 기차를 보았다.

"이건 내가 그렸던 천국이 아니에요."

"아, 영원히 머물 환경은 스스로 선택해야 합니다. 지상에서 나는 늘 기차에 대한 악몽에 시달렸습니다. 다시 기차에 타지 않았지요. 그런데 여기는 두려워할 게 없습니다. 그래서 인간으로서의 내 존재를 떨쳐버리기로 결정했습니다. 이제 이 기차를 타고 어디든 가고 싶은 곳으로 갑니다."

사미르가 말했다.

애니는 멍하니 사미르를 바라보았다.

"이해가 안 됩니까? 이건 당신의 천국이 아니라 내 천국이거든요."

사미르가 말했다.

기차가 도착했다. 열차 문이 열렸다.

"떠날 때네요."

"우린 어디로 가나요?"

"'우리'가 아니에요, 애니. 내게 천국의 이 단계는 마무리되었어요. 하지만 당신은 더 배울 게 남아 있습니다."

사미르가 열차를 두드리더니 발판에 발을 올렸다.

"행운을 빕니다."

"잠깐만요! 내 죽음이요. 난 남편을 구하려고 했어요. 그의 이름은 파울로예요. 그가 살았나요? 그것만 말해줘요, 제발. 내가 그를 구했는지 말해줘요."

애니가 말했다.

엔진에서 요란한 소리가 났다.

"말해줄 수 없어요."

사미르가 대답했다.

애니는 고개를 떨구었다.

"하지만 다른 사람들이 올 겁니다."

"어떤 다른 사람들이요?"

애니가 물었다.

사미르가 대답할 새도 없이 기차는 내달렸다. 하늘이

밤색으로 물들었다. 그 순간 애니를 둘러싸고 있는 모든 것이 대기로 빨려 들어가 모래바람을 타고 쏟아져 나왔다.

광활한 갈색 사막 가운데 애니가 있었다.

혼자였다.

애니, 실수하다

애니는 침대에 앉아 있다. 3주 전 사고로 붕대 감은 손을 어깨 보조기에 받친 채. 할 일이 없다. 바깥출입을 금지당했고 무슨 이유인지 엄마는 텔레비전 세트를 분리하고 코드를 가위로 잘라버렸다.

애니는 창가로 걸어가 뒷마당에서 담배 피우는 엄마를 바라본다. 엄마는 무릎에 서류를 놓고 이웃집 빨랫줄을 올려다보고 있다. 간혹 엄마가 자신을 쳐다보기 힘들어한다는 걸 눈치채고 있었다. 아마 부모는 자식이 흠이 없기를 바라겠지. 왼손을 골똘히 보니 퉁퉁 붓고 흉하다. 이제 흠이 없기는 글렀다.

아래층에서 무슨 소리가 난다. 현관문을 두드리는 소리. 이상하다. 평소 사람들은 초인종을 누르는데. 애니는 계단을 내려가다가 다시 노크 소리를 듣는다. 가만가만 조심스러운 소리다. 애니가 손잡이를 돌린다.

입술이 번질대고 밀가루 바른 듯 화장을 한 얼굴, 선홍색 재킷을 걸친 어떤 여자가 현관에 서 있다.

"어머나, 와아. 네가 애니구나, 맞지?"

여자가 말한다.

애니가 고개를 끄덕인다.

"어떻게 지내고 있니, 아가?"

"잘 지내요."

애니가 중얼댄다.

“우린 네 걱정을 하고 있단다.”

“왜요?”

여자는 계속 웃는 얼굴을 하고서, 등 뒤에서는 공기를 앞으로 끌어오듯 손사래를 치고 있었다.

“네가 얼마나 운이 좋은지 알지?”

여자가 묻는다.

“운이 좋은 것 같지는 않은데요.”

애니가 말한다.

“아니라고? 흠. 하긴 그럴 만도 하지. 팔이 아직도 아프니? 아, 내 친구가 오고 있구나. 그에게 무슨 일이 있었는지 말해줄래?”

애니는 어리둥절하다. 어깨에 큰 카메라를 메고 부랴부랴 쫓아오는 남자가 보인다. 그 뒤로 다른 사람들도 달려온다.

여자가 말한다.

“기억나는 것부터 말해봐. 너는 루비 가든에 갔고…….”

애니가 뒤로 물러선다. 사람들이 애니의 얼굴에 카메라와 마이크를 들이민다. 갑자기 누군가 셔츠를 홱 잡아당긴다. 엄마다. 엄마의 옷에서 담배 냄새가 난다.

“우릴 제발 내버려둬요! 경찰에 신고할 거예요! 정말이에요!”

엄마가 고함친다.

엄마는 문을 쾅 닫고는 화난 얼굴로 애니를 쳐다본다.

"내가 뭐라고 했니? 문을 열어주지 마! 절대로! 그 작자들은 승냥이 떼야! 다시는 그러지 마! 알아듣겠니?"

애니가 울음을 터뜨린다.

"잘못했어요…… 잘못했어요……."

엄마의 눈에 눈물이 차오른다. 더는 말이 없다. 애니는 위층 침실로 뛰어 올라가 문을 쾅 닫는다. 매번 이렇다. 매일 둘 중 한 사람이 운다. 애니는 이게 싫다. 손이 싫다. 붕대가 싫다. 사람들이 대하는 방식이 싫다. 루비 가든에서 무슨 일이 일어났든 싫다. 기억도 하지 못하는 일인걸.

다음 날 아침 일찍 엄마가 애니를 깨운다.

엄마가 코트를 입으며 말한다.

"서두르자, 우린 떠날 거야."

다음 영원

애니는 하늘이 암회색과 진갈색으로 더 짙어지는 것을 지켜보았다. 왼손이 욱신댔다. 천국에 도착하면서 느낀 가뿐함은 이제 없다. 어린이가 아닌 호기심 많고 예민한 학생이 된 기분이었다. 죽은 후에도 계속 성장하는 건가.

사막에 혼자 있는데 멀리 무언가 쌓아놓은 작은 더미가 보였다. 참으로 을씨년스런 풍경이었다. 애니는 두 손으로 모래를 헤치고 나아갔다.

그 작은 더미에 가까이 다가갈수록 애니는 눈앞의 광경이 믿기지 않는 듯 눈을 깜빡였다. 거기엔 애니의 발, 다리, 팔, 목, 몸통이 차곡차곡 쌓여 있었다.

애니의 몸이 조각나 있었다.

'도대체 무슨 일이야?'

애니는 생각했다. 더 밀고 나가려 했지만 갑자기 그럴 수가 없었다. 솜사탕 같은 손가락 사이로 모래가 빠져나갔다. 주변을 두리번댔다. 숨 막히는 외로움이 엄습하기 시작했다. 사고를 겪은 후 몇 년간 걸핏하면 이런 기분에 사로잡혔다. 고립되고 따돌림당하고 아무것도 할 수 없는 느낌. 그런데 왜 여기서도 그런 걸까? 천국은 그런 아픔이 끝나는 곳이 아니던가?

그 기분을 오래 느끼며 애니는 한동안 가만히 있었다. 마침내 적막 속에서 무슨 소리가 들렸다. 처음에는 알 수 없었지만, 소리는 급속도로 증폭되더니 곧 명확해졌다.

'설마, 개 짖는 소리?'

애니는 속으로 중얼댔다. 그때 다시 소리가 났다. 으르렁대고 왈왈대는 소리가 뒤섞여 들렸다.

몸을 돌리니 좌우에서 모래를 파는 개들이 보였고 작은 먼지 구름이 일어났다. 한 무리의—온갖 종과 다양한 크기의—개들이 극성맞게 짖으면서 금세 애니를 에워쌌다. 개들은 애니의 신체 부위를 입에 물고는 공중에 내던졌다.

애니는 양손으로 귀를 막았다.

"그만해!"

애니가 소리쳤다. 사미르와 있을 때보다 굵은 목소리였지만 개들에게는 통하지 않았다. 개들은 으르렁 짖으면서 사방에 모래를 흩뿌렸다.

갈색 래브라도의 입에 애니의 발이 대롱대롱 매달려 있었다.

"안 돼!"

애니가 소리치며 발을 빼내려 했다.

그러곤 다시 외쳤다.

"내 발이야!"

긴 털이 헝클어져 있는 아프간하운드가 애니의 다른 발을 물고 앞으로 뛰어갔다.

"내놔!"

애니가 발을 빼내려고 버둥댔다.

갑자기 일시에 개들이 모여들어 지평선을 향해 뛰었다. 개들은 애니의 나머지 부위도 갖고 달아났다.

"안 돼! 기다려!"

애니는 비명을 질렀다.

개들이 쫓아오라고 채근하듯 뒤돌아보았다. 애니는 황량한 사막을 훑어보았다. 거기 뭐가 있든 이보다는 납득할 만한 답이 있을 터였다. 애니는 휑하게 느껴지는 두 발을 앞에 내려놓고는 몸을 일으키려고 애썼다. 마침내 서 있는 것 같았다.

"가보자."

애니가 혼잣말을 했다.

그리고 뛰기 시작했다.

두 번째 만남 _ 친구

수 세기 동안 인간은 사후 세계를 다양하게 표현했다. 그런데 영혼이 혼자 있는 장면을 제시한 경우는 거의 없다. 우리는 혼자 이승을 떠나지만 마지막 축복 속에는 늘 누군가와 함께 있다. 주님, 예수님, 성자들, 천사들, 사랑하는 이들. 외로운 사후는 형언하지 못할 만큼 우울해 보인다.

아마도 그런 이유로, 애니는 자신을 어디로 데려가는지도 모르면서 개 떼를 쫓아갔다. 동물 무리를 따라 가파른 비탈길을 오르고 산등성이를 넘어 계곡으로 내려갔다. 머리 위 하늘이 겨자색에서 자두색으로, 숲 같은 초록빛으로 변했다. 이처럼 천국에 온 후 창공을 물들인 색깔들은 애니가 살면서 느낀 감정들을 보여주었다. 이승의 삶이 재연되듯 감정들이 재연되고 있었다. 하지만 애니는 그걸 알지 못했다.

계속 쫓아가다 보니 개들의 대오가 흐트러지면서 바큇살처럼 사방으로 흩어졌다. 땅이 바둑판처럼 갈라져서 작은 잔디밭들이 생겼다. 푸른 잔디밭마다 다양한 디자인의 문이 있었다. 나무문, 철문, 페인트칠한 문, 얼룩덜룩한 문, 현대적인 문, 고풍스러운 문, 사각형 문, 꼭대기가 둥근 문. 각각의 문에는 개 한 마리가 누군가 나오기를 기다리듯 유순하게 앉아 있었다.

"애니, 드디어 만났구나."

바람 새는 소리가 섞인 목소리였다.

애니는 고개를 홱 돌렸다. 백발이 성성하고 날렵한 콧날, 합죽한 턱, 커다랗고 슬픈 눈. 무릎길이의 모피 코트를 걸치고 유색 보석이 박힌 목걸이를 한, 팔십 대나 구십 대로 보이는 우아한 노부인이 거기 있었다.

"누구세요?"

애니가 물었다.

노부인은 실망한 기색이었다.

"기억나지 않는구나?"

애니는 노부인을 찬찬히 살폈다. 주름지고 늘어진 얼굴에 미소가 감돌았다.

"혹시……."

노부인이 고개를 젖혔다.

"……제 두 번째 사람이세요?"

"맞아."

애니가 한숨을 쉬었다.

"죄송해요. 부인도 모르겠네요."

"뭐, 우리가 만났을 때는 네가 힘든 시간을 보내던 시기였으니까."

"그게 언제였는데요? 우리가 뭘 하고 있었죠? 부인이 제 인생에 있었는데, 왜 저는 아무것도 모르는 거죠?"

"흠."

노부인은 어떻게 할지 결정하려는 듯 왔다 갔다 했다. 그러더니 걸음을 멈추고 고개를 들면서 파란 지평선을 손짓했다. 차 한 대가 그들을 향해 달려왔다.

"저 차에 타자."

*

곧 애니는 뒷좌석에 앉아 있었다. 혼자였다. 운전자가 없었다. 차는 자욱한 안개와 작열하는 햇빛 속을 달렸다. 노부인은 차 옆에서 뛰며 창문을 들여다보았다.

"차에 타지 않으실래요?"

애니가 소리쳤다.

"아니, 이게 좋아!"

노부인이 소리쳐 답했다.

마침내(애니는 천국에서 시간을 가늠하지 못했지만, 모든 게 순식간 같으면서도 영원 같은 느낌이었다) 차가 정지했다. 애니가 내렸다. 노부인이 숨을 몰아쉬며 옆에 섰다. 단층 건물과 너저분한 주차장이었다. 파란색과 흰색으로 된 간판에는 '페투마군(郡) 유기동물 보호소'라고 적혀 있었다.

애니가 속삭였다.

"이 건물을 기억해요. 우리 강아지를 데려온 곳이에요."

"맞아."

노부인이 대답했다.

"클레오였어요."

"그래."

"여기가 부인이 있던 곳인가요?"

"당시에는."

노부인이 앉았다.

"그 외에 뭐가 기억나니?"

*

애니의 기억은 이랬다. 평생 그 거리, 그 집에 살 것 같던 모녀가 갑자기 떠났다. 차에 올라타 내달렸다. 여행 가방과 검은 쓰레기봉투에 가재도구를 챙기고 닫히지 않는 트렁크를 끈으로 묶어서.

둘은 며칠 동안 주유소나 패스트푸드점에서 요기를 하고 차에서 잠을 자며 지냈다. 그리고 마침내 애리조나주에서 멈춰, 한동안은 도로변 모텔에서 머물렀다. 연두색 카펫

이 깔려 있고 전화기에 자물쇠가 채워져 있는 방이었다.

그 후 그들은 트레일러[9]로 이사했다. 나무가 없는 나대지에 큰 블록들이 깔려 있고 그 위로 트레일러가 있었다. 옆에는 다른 트레일러들도 있었다. 모녀는 웬만해서는 외부로 나가지 않았다. 슈퍼마켓, 동네 도서관(애니가 볼 책을 빌리기 위해), 인근 병원에 가는 게 전부였다.

병원에서 애니는 붕대를 갈고 부목을 조절했다. 여전히 왼손을 쓰지 못했고 이따금 손끝 감각이 없었다. 평생 지금처럼 살아야 되는지 걱정스러웠다. 물건을 옮길 때는 한 손으로, 뭔가 열 때는 팔꿈치를 써야 하는 걸까.

한편 생활 규칙도 정해져 있었다. 로레인은 딸에게 트레일러 단지에 혼자서는 나가지 못하게 했다. 양말만 신고 걸어 다니는 것도 금지했다(미끄러질까봐). 스케이트보드를 타는 것도 너무 위험했고, 나무나 대부분의 놀이터에 있는 기구를 타는 것도 마찬가지였다. 그래서 애니는 긴 시간을 혼자 보내면서 도서관에서 빌린 책을 읽었다. 약한 왼손에 책을 끼고 오른손으로 책장을 넘기면서.

어느 날 아침 로레인은 애니를 법원에 데려갔고 두 사람은 서류에 사인을 해야 했다.

"왜요?"

---

9 이동식 주택으로, 애니는 트레일러들이 모여 있는 단지에 살았다.

애니가 엄마에게 물었다.
"우린 이름을 바꿀 거야."
"이제 난 애니가 아니에요?"
"성을 바꾸는 거야."
"왜요?"
"별일 아니야."
"왜냐고요?"
"나중에 설명하마."
"언제요?"

*

답은 듣지 못했다. 다만 트레일러 단지에서 지낸 지 몇 달이 지나도록 점점 더 괴로울 뿐이었다. 애리조나는 늘 더웠고 단지에 사는 사람들은 죄다 늙고 지루했다. 로레인은 이웃들과 말을 섞지 않았다. 애니에게도 그러라고 시켰다. 어느 날 밤 애니는 침실에서 울고 있는 엄마의 울음소리를 들었다. 그게 애니를 화나게 했다.

'다친 사람은 나야'라고 생각했다.

무언의 분노는 이렇게 시작되었다. 그래서 애니는 더 외로워졌고 괴로움도 커져갔다. 로레인이 울수록 딸은 점점 할 말을 잃었다.

한동안 모녀는 거의 대화를 하지 않았다. 애니는 분노

에 힘입어 규칙을 어기기 시작했고, 엄마가 외출하면 슬쩍 밖에 나가기도 했다. 도서관에서 빌린 책에서 나뭇잎 하나로도 꽃을 키울 수 있다는 내용을 읽고 바로 실행에 옮겼다. 티셔츠 밑에 가위를 숨겨 옆집 정원에 나가 나뭇잎을 잘랐다. 그러곤 트레일러 앞에 작은 구멍들을 만들어 나뭇잎을 심고 몇 주간 물을 주면서 새싹이 나는지 살폈다. 차가 들어오는 소리가 나면 얼른 트레일러로 들어가곤 했다.

하지만 어느 오후에는 동작이 잽싸지 못했다. 퇴근해서 돌아온 로레인이 트레일러 문을 닫는 애니의 모습을 본 것이다.

다음 날 트레일러 밖에서 문이 잠겼다.

이런 식으로 시간은 흘러갔다. 그리고 어느 날 저녁 트레일러의 좁은 부엌에서 밥을 먹고 있을 때였다. 너무 조용한 나머지 애니는 엄마가 음식 씹는 소리까지 들을 수 있었다.

"난 학교에 다닐 수 있나요?"

애니가 물었다.

"당분간은 안 돼."

"어째서요?"

"정리할 일이 있어."

"하지만 난 여기에 아는 사람이 없어요."

"알아."

"언제 집에 돌아가요?"

"안 돌아가."

"왜요? 난 친구가 없어요! 집에 가고 싶어요!"

로레인은 침을 삼키더니 말없이 일어났다. 접시에 담긴 음식을 개수통에 버리고는 몇 걸음 떨어진 침실로 들어가 문을 닫았다.

다음 날 로레인은 아침 일찍 딸을 깨우고 치즈를 뿌린 스크램블드에그를 만들었다. 그리고 말없이 애니의 접시에 담았다.

애니가 식사를 마치자 로레인이 말했다.

"차를 타고 나가자."

비가 흩뿌렸고 애니는 차를 타고 가는 내내 팔짱을 끼고 입을 다물었다. 마침내 차가 단층 건물이 있는 너저분한 주차장으로 들어섰다. 파란색과 흰색으로 된 간판에 '페투마군(郡) 유기동물 보호소'라고 적혀 있었다.

두 사람이 뒷문으로 걸어갔다. 애니는 개 짖는 소리를 듣고 눈이 휘둥그레졌다.

"개를 키울 거예요?"

애니가 물었다.

로레인이 걸음을 멈추었다. 로레인의 얼굴이 일그러졌다. 입술을 깨물고 눈을 깜빡이며 눈물을 참고 있었다.

"왜 그래요, 엄마?"

애니가 물었다.

"네가 미소 지어서."

로레인이 대답했다.

*

그날 애니는 구조되거나 버려진 수십 마리의 개들 앞을 지나갔다. 개들은 펄쩍 뛰거나 울타리를 발로 긁어댔다. 보호소 운영자가 어떤 개든 원하면 데려갈 수 있다고 해서 애니는 찬찬히 개들을 살폈다. 그중 몇몇 개들과는 놀면서 자신의 뺨과 손가락을 핥게 내버려두었다. 맨 끝에 있는 개집에는 코코아색과 흰색이 섞인 강아지 세 마리가 있었다. 두 마리는 문 앞으로 뛰어와 뒷다리로 선 채 짖었는데, 어쩐지 한 마리는 안쪽에 남아 있었다. 그 강아지는 목에 플라스틱 깔때기를 차고 있었다.

"저건 뭐예요?"

애니가 물었다.

"엘리자베스 칼라라는 거야. 물거나 핥지 못하게 채우는 거야."

운영자가 대답했다.

"뭘 물거나 핥지 못하게 하는 거죠?"

로레인이 물었다.

"상처지요. 우리가 발견했을 때 수술을 받아야 될 상황이었어요. 딱한 사연이죠."

운영자가 열쇠 뭉치를 쨍그랑대며 대답했다.

로레인이 애니의 어깨를 건드렸다.

"자, 애니. 다른 개들도 봐야지."

하지만 애니는 꿈쩍하지 않았다. 자신처럼 다친 강아지가 애틋했다. 애니는 강아지와 똑같이 고개를 갸우뚱했다. 그러곤 조그맣게 쪽쪽 소리를 냈다. 강아지가 앞으로 다가왔다.

"녀석이랑 놀고 싶니?"

운영자가 물었다.

로레인이 못마땅한 표정을 지었지만 운영자가 개집 문을 열어주었다.

운영자가 말했다.

"이리 와, 클레오. 널 만나고 싶어 하는 사람이 있단다."

*

애니가 이 이야기를 노부인에게 말할 때 그들 앞에 어떤 이미지가 떠올랐다. 희끗희끗한 긴 머리, 청바지와 색이 바랜 남방셔츠와 검은색 운동화 차림의 보호소 운영자는, 활짝 웃으며 칼라를 두른 강아지를 애니에게 넘겨주었다.

"저게 부인이에요?"

애니가 물었다.

"맞아."

노부인이 대답했다.

애니는 주위를 둘러보았다.

"엄마는 어디에 계세요? 엄마가 저를 여기에 데려왔거든요."

"여기는 네 천국이란다, 애니. 그리고 내 천국과 교차하지. 다른 사람들은 포함되지 않아."

그 말에 애니는 머뭇거렸다. 마음의 준비를 했다.

"제가 부인께 무슨 일을 했나요?"

"흠, 그랬지."

"제가 벌충하려고 여기에 온 건가요?"

"벌충?"

"실수를 저질러서요. 그게 뭐든 간에."

"왜 그게 실수였다고 짐작하지?"

애니는 떠오르는 생각을 입 밖으로 꺼내지는 않았다. 인생 전체가 실수투성이였다는 말을.

"클레오 이야기 좀 해주렴."

노부인이 말했다.

*

사실 비글과 보스턴테리어 잡종견인 클레오는 1년 가까이 애니의 가족이었다. 로레인은 시간제 일자리밖에 못 구해서 자동차 부품공장에서 조조 근무를 했다. 애니가 깨기 전에 출근해 오후나 돼서야 퇴근했다. 애니는 아침마다 엄마에게 전화해 밥을 먹었는지 보고하는 게 곤욕스러웠지만, 전화를 끊고 혼자가 되는 건 더 싫었다. 그런데 이제는 클레오와 함께였다. 복슬복슬하고 갈색 귀가 축 늘어진 30센티미터 정도 되는 강아지. 주둥이 아래쪽이 위로 올라가서 마치 웃는 것 같았다.

보호소에 다녀온 다음 날, 애니가 자기 그릇에는 시리얼을, 강아지 밥그릇에는 사료를 담았다. 거추장스런 칼라를 차고 사료를 먹기 위해 애쓰는 클레오를 지켜보았다. 강아지의 어깨 수술 흉터가 여전히 빨갰다. 어쩌다 그런 일이 생겼을까? 애니는 궁금했다. 클레오가 날카로운 것에 부딪쳤을까? 다른 개한테 공격을 받았나?

칼라가 걸리적거리자 클레오가 낑낑댔다. 애니는 칼라를 벗겨주면 안 된다고 주의를 받았다. 엄마는 여섯 번이나 신신당부했다. 하지만 클레오가 도와달라고 애걸하듯 쳐다보자, 애니는 딱해서 결국 몸을 숙여 오른손으로 고리를 풀어주었다. 클레오는 사료 그릇에 달려들었다.

애니가 그릇에 담긴 사료가 바닥난 것을 보고 허벅지를 두드렸다. 클레오는 애니의 무릎으로 기어 올라와 부목을 댄 손가락에 코를 대고 킁킁댔다. 얼굴을 돌려놓아도 다시 고개를 돌려 애니의 상처를 핥고 주둥이를 갖다 댔다.

"보고 싶어?"

애니가 물었다. 팔을 어깨 보조기에서 뺐다. 클레오가 팔목 주변을 핥으면서 낑낑댔다. 애니는 마음이 뭉클했다. 클레오가 자신을 이해하는 것 같았다.

애니가 속삭였다.

"아직도 아파. 내가 뭘 했는지도 모르는데."

애니는 자신이 울고 있음을 깨달았다. 마음을 털어놓아서겠지.

'내가 뭘 했는지도 모르는데.'

애니가 울수록 클레오가 더 낑낑대면서 주둥이를 들어 눈물을 핥아주었다.

이제는 어른이 된 애니 곁에 서 있던 노부인이 말했다.

"개가 웃는 사람보다 우는 사람에게 먼저 가는 걸 알고 있니? 주변 사람이 슬퍼지면 개들도 슬퍼져. 그렇게 태어났거든. 그걸 공감이라고 하지."

노부인이 말을 이었다.

"인간도 공감 능력을 갖고 있지. 하지만 다른 요소들이 막아서. 이기심, 자기 연민, 내 아픔을 먼저 챙겨야 된다는 생각. 개들은 그런 게 없어."

애니는 클레오의 주둥이가 닿은 뺨을 문지르는 어린 자신을 바라보았다.

"너무 외로웠어요."

애니가 속삭였다.

"나도 눈치챘지."

"내가 아는 모든 걸 잃었거든요."
"딱해라."
"그런 기분을 느껴보신 적이 있나요?"
노부인이 고개를 끄덕였다.
"한 번."
"언제요?"
애니가 물었다.
노부인은 트레일러의 창문을 가리켰다.

*

애니가 다가섰다. 바깥은 보이지 않았다. 대신 유리창에 비친 캄캄한 방을 보았다. 세간살이가 없었다. 창문은 깨져 있었고, 뒤쪽 벽은 스프레이로 낙서가 되어 있었다. 빛이 닿지 않는 방구석에서 두 눈이 보였다. 큰 어미 개가 더러운 바닥에 엎드려 있고 새끼들이 어미 개의 배를 파고들었다.
"일주일 전에 새끼를 낳았지."
노부인이 말했다.
"개가 왜 이 집에 있어요?"
노부인이 대답할 새도 없이 문이 벌컥 열리더니, 티셔츠와 청바지를 입고 부츠를 신은 사내 둘이 비척비척 들어왔다. 한 명은 스키 모자를 썼고 둘 다 캔 맥주를 들고 있었다. 어미 개가 으르렁대자 사내들이 뒤로 물러났다.

스키 모자를 쓴 남자가 잠시 비틀거렸다. 그러곤 바지 뒤춤에서 총을 뺐다.

"안 돼……."

애니가 나직이 중얼댔다.

사내는 연달아 세 발을 쐈고 그때마다 총알은 작은 오렌지빛을 터뜨렸다. 둘은 깔깔댔다. 맥주를 들이켜더니 다시 총을 쐈다. 다섯 발을 더 쏜 후에야 비척대며 방에서 나갔다.

"대체 무슨 일이 벌어진 거죠? 방금 무슨 일이 벌어진 거예요?"

애니가 물었다.

노부인이 시선을 돌렸다. 애니는 밖에서 나는 웃음소리를 들었다. 구석에서 고음의 비명이 터졌다. 강아지들이 죽은 어미의 몸을 발로 긁고 있었다. 애니 얼굴에 눈물이 흘렀다.

"저 작자들이 어미를 죽였나요?"

"새끼 몇 마리도. 셋만 살았어."

노부인이 대답했다.

"어미가 불쌍해요."

"그래. 내가 녀석을 본 건 그때가 마지막이었어."

애니는 눈을 깜빡거렸다.

"뭐라고 하셨어요?"

노부인이 코트 칼라를 끌어내리더니 몸을 숙였다. 오래 전 총상을 입은 어깨가 드러났다. 노부인이 애니의 눈물 젖은 뺨을 어루만졌다.

“난 너 때문에 울었지. 넌 나 때문에 우는구나.”

애니, 실수하다

애니는 티셔츠를 입고, 클레오의 목에 줄을 맨다.

"가자, 친구."

사고가 나고 8개월이 지났다. 붕대를 풀었다. 클레오도 이제는 플라스틱 칼라를 두르지 않는다. 상처 부근에 새 털이 자랐다. 하지만 애니의 손은 빨간 흉터 때문에 울룩불룩하고 고르지 않은 혈액 순환 때문에 피부가 탈색되었다. 자주 멋대로 굽는 손가락은 새 발톱 같다. 클레오처럼 흉터 위에 털이 나면 좋을 텐데.

애니가 자전거에 올라타면서 말했다.

"나를 따라와. 먼저 앞으로 달려가면 안 돼."

엄마가 없을 때는 자전거를 타면 안 된다. 클레오를 트레일러 단지 밖으로 데리고 나가는 것도 안 된다. 하지만 혼자 있다 보니 슬그머니 할 수 있는 일들이 있다. 게다가 보고 싶은 것도 있고.

"이리 와, 클레오. 나가자."

애니가 페달을 밟자 클레오가 옆에서 폴짝폴짝 뛴다. 애니는 주로 한 손을 사용한다. 그사이 익힌 기술이다. 둘은 작은 수풀을 통과해서 거리를 내려가다가 산울타리 뒤쪽을 지난다. 애니가 자전거를 멈추고 받침대를 세운다. 그러고는 언덕을 내려간다. 클레오가 애니 옆에서 함께 걷는다. 펜스에 도착한 애니는 손가락으로 그물망을 움켜쥔다.

앞에 학교가 있다. 쉬는 시간이 시작될 것이다. 애니는 그걸 안다. 전에도 여기 와봤다.

종이 울리고 여기저기 문에서 아이들이 쏟아져 나온다. 아이들은 그네 주위로 흩어진다. 몇 명은 공을 찬다. 쩌렁쩌렁하고 신나는 목소리. 애니는 몸을 더 낮춘다. 애니 또래 여자애 둘이 건물 옆쪽으로 걸어가기 때문이다. 한 아이는 금발 직모로, 블랙진을 입고 분홍색 운동화를 신었다. 애니는 분홍색 운동화를 갖고 싶다.

"여기 있어."

애니가 소곤댄다. 클레오의 목줄을 펜스에 감는다. 클레오가 낑낑대지만 애니는 "쉿!" 하고는 살그머니 걸어간다.

펜스 둘레를 지나친다. 굽은 길을 돈다. 새 부엽토가 깔린 땅은 스프링클러를 뿌려서 축축하다. 이제야 학교 담장에 기대선 여자애 둘이 보인다. 한 명이 주머니에서 뭔가를 꺼내 다른 아이의 입술에 발라준다. 립스틱인가? 애니는 궁금해서 더 잘 보려고 나무 그루터기에 올라선다. 여자애들은 뭔가를 들여다보며 얼굴을 찡그린다. 거울이겠지? 애니는 그 립스틱이 어떤 색깔인지 궁금하다.

갑자기 여자애들이 애니를 향해 고개를 돌린다. 애니는 균형을 잃고 바닥에 떨어진다. 다친 손으로 땅을 짚는 바람에 찌릿한 통증이 온몸에 번진다. 애니는 아랫입술을 깨문다. 젖은 부엽토가 팔에 달라붙는다. 여자애들이 다가올까봐 겁나서 움직이지 않는다. 적어도 10분간은 땅바닥에 주저앉아 있었다.

마침내 종이 울리고 아이들 소리가 사라진다. 애니가 천천히 일어나는데 손목이 쑤신다. 클레오를 남겨둔 곳으로 터벅터벅 걸어간다.

펜스에 도착했는데 클레오가 없다.

애니의 가슴이 쿵쾅대기 시작한다.

"클레오? 클레오?"

크게 외친다.

펜스 끝까지 뛰어간다. 없다. 다시 돌아간다. 없다. 자전거를 세워둔 언덕으로 달려간다. 없다. 한 시간 동안 같은 거리를 돌면서 클레오의 이름을 부른다. 클레오가 답하기를 바라면서. 눈물이 나서 눈이 화끈댄다.

곧 엄마가 집에 돌아올 시간이다. 애니는 흐느끼면서 집을 향해 페달을 밟는다. 트레일러에 도착해서 자전거를 멈춘다. 숨을 내쉰다. 문간에 클레오가 앉아 있다. 목줄이 가죽 뱀처럼 땅에 끌린 채로.

"아, 클레오. 이리 와!"

클레오가 달려와 애니의 품에 뛰어오르더니 애니 귀와 팔에 묻은 부엽토를 핥는다. 애니는 이게 더 좋다고 생각한다. 나를 사랑하는 강아지가, 나를 보고 좋아하는 강아지가 좋다. 여자애들이나 우스꽝스러운 립스틱보다, 그 어떤 다른 날보다도.

두 번째 교훈

애니가 코트 입은 노부인을 빤히 쳐다본다.

"지금 하신 말씀이……?"

"내가 클레오야."

"하지만 사람이신걸요."

"이렇게 나타나는 게 더 쉬울 거라고 생각했지."

"보호소 운영자 아니에요? 저게 부인이냐고 물었을 때……."

"그녀가 나를 안고 있었지. 근데 넌 '저게' 나냐고 물었어. 난 네가 그렇게 물었다고 생각했지. 미안해. 우린 자주 남의 얘기를 내 얘기로 생각하거든."

애니는 부인의 늘어진 피부와 날렵한 콧날, 치아의 간격까지도 찬찬히 살펴보았다.

"클레오."

애니가 속삭였다.

"응."

"우리가 대화를 하고 있네."

"우린 늘 대화했어. 내가 배고프면 네가 알았잖아? 내가 겁을 내거나 나가고 싶을 때도."

"그래. 너는? 내가 너랑 말하고 싶을 때를 알았지?"

애니가 말했다.

"말을 알아들은 건 아니야. 하지만 네 의도는 알았지.

개들은 인간과 다르게 들어. 우린 목소리에서 감정을 감지하지. 분노, 두려움, 가벼움, 무거움 같은 감정을 네 목소리에서 알아챌 수 있었어. 네가 어떤 하루를 보냈는지는 살 냄새를 맡으면 알 수 있었지. 네가 뭘 먹었는지, 언제 샤워를 했는지 말이야. 넌 손목에 엄마의 향수를 뿌리기도 했어. 기억나? 엄마 방에 몰래 들어가서 거울 앞에 앉더니 내게 냄새를 맡아보라고 손을 내밀었는데?"

애니는 클레오의 눈을 빤히 쳐다보면서 원래 모습을 상상하려고 애썼다. 코코아색 털, 가늘고 늘어진 귀. 그리고 클레오가 기억하고 있는 일들을 떠올렸다. 클레오가 죽던 날도 기억났다. 엄마의 차를 타고 동물병원에 달려갔다. 애니의 무릎에서 클레오가 축 늘어져 천천히 숨을 쉬었다. 하지만 이런 기억들이 지금 왜 중요한지 알 수 없었다.

"넌 왜 여기 있는 거야, 클레오?"

애니가 물었다.

"너한테 뭔가 가르쳐주려고. 네가 천국에서 만나는 영혼은 다들 같은 일을 해."

"동물도 영혼이 있어?"

클레오는 놀란 표정을 지으며 대꾸했다.

"왜 없겠어?"

*

갑자기 풍경이 바뀌었다. 둘은 트레일러에서 나왔고 집에서도 멀리 떨어져 있었다. 연초록빛 하늘에 대형 매트리스가 떠 있고, 그 위로 마치 작은 언덕처럼 보이는 오렌지색 침대보와 분홍색 베개들이 있었다.

"잠깐만. 이건 내 옛날 침대인데……."

애니가 말했다.

"맞아."

"아주 크네."

"음, 내겐 그렇게 보였거든. 네가 부르면 난 침대로 뛰어올라가야 했어."

"왜……."

"외로움 때문이야, 애니. 내가 여기서 설명하려는 게 그거야. 넌 외로움에 시달렸어. 그래서 자신을 괴롭혔지. 하지만 넌 그걸 이해하지 못했어."

"외로움을 타는 데 이해하고 말고 할 게 뭐 있어? 끔찍하지."

애니가 쏘아붙였다.

"항상 그런 건 아니야. 네가 그만큼 외롭지 않았다면 보호소에서 날 선택했을까? 첫날 아침 내가 사료를 먹게 칼라를 벗겨준 건 어떻고? 네 외로움은 나한테 가정을 선사했어. 행복도."

클레오가 말을 이었다.

"내가 공감에 대해 뭐라고 했는지 기억나? 공감은 쌍

방향으로 통하지. 난 다쳤어. 다르게 다쳤지만. 그리고 넌……."

애니는 떨어져나간 왼손을 힐끗 쳐다보았다.

"다쳤지. 다르게 다쳤지만."

애니가 작은 소리로 말했다.

"그리고……?"

"혼자였지."

클레오가 큰 베개들을 향해 고갯짓했다. 애니는 사랑스런 친구와 붙어 잤던 유년기의 수많은 밤을 보았다.

"혼자가 아니었어."

클레오가 말했다.

*

풍경이 또 바뀌어 애니가 아까 본 바둑판같은 풀밭들이 다시 나타났다. 많은 개들이 각각의 문 옆에서 고분고분 기다리고 있었다.

클레오가 물었다.

"지구에 얼마나 많은 생명체가 있는지 생각해봤어? 사람, 동물, 새, 물고기, 나무. 어떻게 외로움을 느낄 수 있는지 의아할 뿐이야. 그런데 사람들은 외로움을 느껴. 정말 안됐어."

애니는 보랏빛으로 짙게 물든 하늘을 쳐다보았다. 클레

오가 말을 이었다.

"애니, 우린 외로움을 두려워하지만 외로움 자체는 존재하지 않아. 외로움은 형태가 없어. 그건 우리에게 내려앉는 그림자에 불과해. 또 어둠이 찾아오면 그림자가 사라지듯 우리가 진실을 알면 슬픈 감정은 사라질 수 있어."

"진실이 뭔데?"

애니가 물었다.

"누군가 우리를 필요로 하면 외로움이 끝난다는 것. 세상에는 필요가 넘쳐나거든."

*

그때 모든 풀밭에 있던 문이 활짝 열리면서 침울한 표정의 사람들이 무수히 많이 나타났다. 목발을 짚은 어린이들, 휠체어에 탄 어른들, 꼬질꼬질한 제복 차림의 군인들, 남편을 잃고 베일을 쓴 여인들. 애니는 그들 모두 어떤 식으로든 위로가 필요하다는 걸 느꼈다. 개들은 꼬리를 흔들면서 달려가더니 사람들을 핥아댔다. 사람들은 개를 품에 꼭 안았다. 그러자 침울한 표정이 사라지고 감사의 미소가 피어났다.

"이게 내 천국이야."

클레오가 말했다.

"사람들이 집에 오는 걸 보는 거 말이지?"

애니가 물었다.

"사람들이 집에 와서 기쁨을 느끼는 것. 영혼들이 재회하는 것. 성스러운 일이거든."

"하지만 매일 일어나는 일인걸."

클레오가 고개를 갸우뚱하며 대꾸했다.

"매일 성스러운 일이 일어나지 않니?"

애니는 행복하게 인사하는 모습들을 지켜보고 있으려니 좀 아쉬운 마음이 들었다. 사후의 삶에는 확실히 타인들이 많았다. 그런데 가장 사랑하는 파울로가 없었다. 그러니 어떻게 만족스러울 수 있을까?

"무슨 일이야, 애니?"

"내 남편 말야. 난 남편을 살리려고 했어. 그런데 성공했는지 모르겠어. 누군가 내 어깨를 잡고 '잠시 후에 만나'라고 말한 것만 기억나. 그 외에는 아무것도 모르겠어."

애니는 신중하게 말했다. 그리고 덧붙였다.

"파울로가 살았다면 난 죽어도 괜찮아. 내 죽음이 헛되지 않았다는 말만 해줘."

클레오가 빙그레 웃었다.

"남을 위한 일은 절대로 헛되지 않아."

*

클레오가 마지막 문을 향해 고갯짓하자 문이 열렸다.

아홉 살 애니가 자전거에서 뛰어내리더니 클레오를 향해 뛰어가고 있었다. 클레오를 잃어버렸다고 생각한 바로 그 날이었다.

그때 클레오가 애니를 향해 몸을 숙였고, 순식간에 애니의 손가락과 손바닥에 온기가 스며들었다. 손목이 다시 나타났고 팔꿈치, 알통, 어깨가 차례로 생겼다.

애니는 놀랐다.

"내 팔. 내 팔이 모두 돌아왔어."

"사랑하는 것을 안으라고."

클레오가 속삭였다.

그러자 애니의 품에 안겨 있던 클레오 몸이 사그라들었다. 코트가 당겨지면서 털로 변했다. 다리가 줄었다. 귀와 주둥이가 늘어났다. 클레오는 지상에서처럼 강아지가 되었고 애니가 안아 올리자 헉헉댔다.

애니가 말했다.

"너구나, 클레오. 클레오!"

애니의 마음에 기억들이 밀려들었다. 애니의 자전거 옆에서 뛰는 클레오, 애니의 접시에서 피자를 낚아채는 클레오, 애니가 배를 긁어주면 뒹구는 클레오. 애니는 오랫동안 느껴보지 못했던 기쁨에 젖어들었다. 세월이 흘러 모든 실망과 절망을 겪은 후 다시 예전에 키웠던 클레오를 안게 되었다. 어쩌면 클레오가 옳았다. 재회는 천국이 준 선물이었다.

"착하지."

애니가 속삭였다. 클레오가 고마워하며 애니의 뺨을 핥았다.

애니가 다시 말했다.

"착하지, 우리 강아지."

애니는 눈을 감고 오래전에 느꼈던 감각에 빠져들었다.

눈을 떴을 땐 손에는 아무것도 없었고, 애니는 다시 사막에 혼자 있었다.

일요일 11:14 A.M.

톨버트는 분통이 터졌다. 한 시간 가까이 조수 테디에게 전화를 걸었다. 묵묵부답이었다.

'어떻게 전화를 안 받지? 내가 손님이면 어쩌려고?'

테디를 만나면 해고하리라 다짐했다. 요즘은 열기구 조종사를 찾기가 쉽지 않긴 해도.

톨버트는 52세가 되어서야 뒤늦게 열기구 조종을 하기 시작했다. 해군에서 퇴역한 후였다. 일찍이 조종사가 되었고, 조종하기에 나이가 많다는 말을 들으면서도 비행에 대한 관심을 놓지 않았다. 열기구가 전투기는 아니지만 하늘을 나는 건 마찬가지였고, 바람, 일기 분석, 장비 점검 같은 익숙한 전문 지식을 활용할 수도 있었다. 물론 혼자 일할 수 있다는 점도 마음에 들었다.

'흠, 혼자나 다름없지 뭐.'

톨버트는 테디의 무책임한 태도에 안달하면서 속으로 중얼댔다.

아내의 차를 몰고 비포장도로로 접어들었다. 기구 장비를 보관하는 창고까지 몇 킬로미터를 앞두고 있었다. 톨버트는 눈을 가늘게 떴다. 그러다가 브레이크를 꽉 밟았다.

저 앞에서 경찰차 네 대가 라이트를 번뜩이며 도로를 막아섰다.

경관이 손을 흔들어 톨버트를 불렀다.

다음 영원

거센 바람에 사막 모래가 흩날렸고, 애니는 진홍색과 장밋빛 소용돌이에 빨려 들어가는 것 같은 기분을 느꼈다. 체인에 달린 회중시계처럼 빙글빙글 돌았다. 그러다가 천국에 오고 나서 처음으로 버둥대며 맞섰다. 마치 고리에서 떨어져 나오려는 것처럼 몸부림쳤다. 되찾은 양다리로 발길질을 하니 마침내 물살처럼 흩어지면서 어디론가 뚝 떨어졌다.

애니는 탁 트인 공중을 지나 산호색 구름을 뚫고 아래로 떨어지다가 큰 분홍색 섬을 보았다. 바큇살처럼 반도 다섯 개가 삐죽 나와 있었다. 땅에 부딪칠 각오를 했지만, 마지막 순간에 몸을 뒤집자 다행히 등부터 가뿐하게 떨어졌다.

애니는 분홍색 눈 속에 누워 있었다.

"여보세요? 아무도 없어요?"

애니의 목소리가 십 대 같았다.

팔다리를 휘저으며 몸이 제대로 움직이는지 확인했다. 그러곤 발을 딛고 일어섰다. 이전보다 더 나이 들고 강해진 느낌이었다. 하늘을 지나면서 지상의 육신을 재조립한 것 같았다. 생각도 성숙해졌다. 초조함이 밀려들어 안절부절못하는 청소년 같았다. 답을 알고 싶었다.

아래를 보았다.

애니가 만든 눈 천사[10]가 있었다.

*

주위를 두리번댔다. 누가 마중 나올까? 걷기 시작하다가 가볍게 뛰었고, 그러다 무릎 높이로 뛰면서 눈을 흩뜨렸다. 어린 시절 겨울을 떠올리다보니 불쑥 예전처럼 진달래색 재킷과 모피 부츠와 검은 스키바지 차림이 되었다. 기억만으로 옷을 갈아입다니.

눈에 보이는 곳 끝까지 눈밭이 계속 이어졌다. 하늘에 적갈색 빛줄기가 어렸다. 애니는 기진맥진할 때까지 반도들을 향해서 달렸다. 생각을 정리하기 위해 눈을 꼭 감았다.

그런데 눈을 떴을 때 또다시 눈 천사가 앞에 있었다. 이번에는 머리 부분이 있는 자리에서 두 눈이 애니를 바라보고 있었다.

애니가 살짝 움직였다. 눈이 따라왔다.

"나 때문에 여기 있는 거니?"

애니가 조심스럽게 물었다.

"나 때문에 여기 있는 거니?"

목소리가 메아리쳤다.

애니는 주위를 둘러봤다.

"내가 널 아니?"

---

10 눈 위에 누워 팔다리를 휘저을 때 생기는 천사 형태의 자국.

애니가 물었다.

"내가 널 아니?"

목소리가 다시 울렸다.

애니는 몸을 숙이고 눈을 가늘게 떴다. 그 눈들도 가늘게 떴다. 애니는 뒤로 물러섰다. 두 눈은 매일 거울에서 보는 눈이었다.

"네가…… 나야?"

애니가 말했다.

대답이 없었다.

"뭐라고 말해봐."

두 눈이 위를 올려다봤다.

"뭘 보는 거야?"

그 말과 함께 분홍색 눈이 우르르 소리를 내면서 다섯 개의 반도가 손가락처럼 오그라들었다. 애니는 섬이 아니라 너른 손바닥 안에 있다는 걸 깨달았다.

"아가, 잘 있었니."

누군가 말했다.

애니는 벌벌 떨었다. 그 목소리를 알아들었으면서도 '아냐'라고 생각했다. 눈을 들어 천사의 눈이 향하는 곳을 보자, 평생 가장 친숙했던 얼굴이 하늘을 가득 메우고 있었다.

"엄마? 엄마예요?"

애니가 속삭였다.

애니, 실수하다

애니는 열두 살이다. 중학교에 다닐 예정이다. 중학교는 초등학교보다 괜찮으면 좋겠다고 바라본다. 로레인이 애니의 전학 신청을 한 것은 3학년 2학기 때쯤이었다. 애니는 '새로 온 애'였다. 등교 첫날 선생님이 미술 도구를 나눠주었는데, 애니는 왼손으로 꽉 잡을 수가 없어서 반 아이들 앞에서 도구를 떨어뜨리고 말았다. 아이들이 웃어댔다.

선생님은 "자, 여러분, 어느 학생이 다르다고 해서 다르게 대할 이유는 없어요"라고 말했지만, 애니는 그렇게 하라는 말로 들렸다. 그래서 더 부끄러워졌다.

몇 주 동안 애니는 친구를 사귀려고 이따금 선물 공세를 하며 애를 썼다. 집에서 초콜릿 쿠키 몇 개를 슬쩍 챙겨 쉬는 시간에 아이들에게 나눠주기도 했다. 어느 날엔 여자애들 몇 명이 스머프 인형 얘기를 하기에, 엄마와 상점에 갔을 때 인형 상자를 훔쳐 티셔츠 속에 숨겼다. 그러곤 그 인형을 아이들에게 나눠주었는데, 결국 선생님이 눈치채고 엄마에게 연락을 했다. 엄마는 크게 낙심해서 애니를 상점에 데려가 매니저에게 사과하도록 시켰다.

4학년 내내, 5학년과 6학년 대부분을 부목에 손가락을 고정시킨 채 보냈다. 흉한 보라색 흉터가 눈에 띄자 가능하면 왼손을 감추는 습관이 생겼다. 등 뒤로 돌리거나 재킷 주머니에 넣거나 공책으로 가렸다. 애리조나의 더위 속에서도 걸핏하면 긴 팔을 입었다.

엄마는 재활훈련을 해야 한다면서 하루에도 여러 번 엄지와 다른 손가락을 오케이 모양으로 맞대는 연습을 시켰다. 애니는 책상에 앉아 아무도 보지 않기를 바라면서 손운동을 했지만, 이것 때문에 결국 트레이시라는 여자애와 입씨름을 벌였다.

"오케이, 애니. 오케이!"

트레이시가 소리치면서 손가락 운동하는 모습을 흉내 냈다. 다른 애들이 웃음을 터뜨렸다. 이후 애니의 별명은 '오케이 애니'가 되었다. 이제 애들 대부분이 애니를 그렇게 불렀다.

파울로는—등 짚고 넘는 개구리 놀이를 하면서 만난 남자애—한 번도 그러지 않았다. 파울로와 있으면 안전했다. 그 애를 믿었다. 어느 날 교내 식당에서 파울로가 몸을 숙이더니 묻지도 않고 애니의 손을 잡아 올렸다.

"별로 흉하지 않아."

파울로가 말했다.

"징그러워."

애니가 대꾸했다.

"난 더 심한 걸 봤어."

"어디서?"

"곰한테 공격받은 남자 사진을 봤어. 흉하더라고."

애니는 웃을 뻔했다.

"난 곰한테 공격받은 게 아냐."

"그랬을 리 없지. 애리조나에는 곰이 없는걸."

애니가 깔깔댔다.

"되돌리고 싶어?"

"정상으로 되돌리고 싶냐고?"

"응. 할 수 있다면?"

"장난해? 당연하지."

"난 모르겠어. 난 지금 네 모습이 좋아. 되돌리면 네가 달라 보일 거야."

파울로가 어깨를 으쓱하며 말했다.

'그러면 큰일이네'라고 애니는 생각했다. 파울로가 마음을 써주는 게 고마웠다. 서로 알게 되면서 파울로가 풋볼과 외계를 좋아하는 걸 알았다. 도서관에 간 김에 애니는 천문학 도서들을 뒤지다가 북극광에 관련된 내용이 있는 책을 찾았다. 파울로가 자주 말하는 화젯거리였다.

다음 날 수업 시작 전, 애니가 그 책을 파울로의 책상 위에 올리며 말했다.

"내가 뭘 찾았게?"

애니가 말했다.

파울로의 입꼬리가 올라가며 미소가 번졌다.

"뭐야?"

"내가 읽으려고."

애니가 그 부분을 펼치자 파울로의 눈이 휘둥그레졌다. 파울로가 중얼댔다.

"설마!"

애니는 마음이 따뜻해져서 책을 내밀었다.

"네가 봐."

"네가 읽을 거라며."

"네가 다 읽으면 그때 보면 돼."

"좋아."

파울로가 대답하면서 책을 받았다. 그러더니 덧붙였다.

"진짜 고맙다, 애니."

'오케이 애니'가 아니었다. 그냥 애니였다.

*

애니는 파울로와 더 자주 어울리고 싶었다. 하지만 엄마가 계속 일거수일투족을 관리한다. 매일 아침 애니를 학교 앞에 내려주고 매일 오후 정문 앞에 주차해 클랙슨을 누른다. 애니는 고개를 숙이고 어색하게 차로 걸어간다. 다른 애들의 웃음소리가 들리는 것 같다.

어느 날 수업이 끝나자 애니는 현관문 안쪽에 서서 바깥을 내다본다. 예쁘장한 여자애들 한 무리가 지나가고 있다. 다들 어깨에 보라색 백팩을 멨다. 애니는 여자애들이 갈 때까지 엄마가 클랙슨을 누리지 않기를 바랄

뿐이다.

"애들이 갈 때까지 기다리는 거야?"

파울로가 말한다.

애니는 빨개진 얼굴을 든다.

"그렇게 빤히 보여?"

"가자. 너네 엄마한테 인사드리고 싶어."

애니가 반응할 새도 없이 파울로는 이미 문 밖에 있다. 파울로가 자신 있게 성큼성큼 걸어가자 애니도 허겁지겁 보조를 맞춰 걷는다. 백팩을 멘 여자애들의 눈길이 느껴진다.

파울로는 차로 다가가 몸을 숙이고 차창으로 손을 내민다.

"안녕하세요, 애니 어머니. 파울로예요."

로레인이 머뭇댄다.

"그래, 파울로."

"저희가 같은 학교에 다니고 있으니까, 더는 애니를 태우러 오지 않으셔도 돼요. 제가 애니랑 같이 집에 걸어갈게요. 저희 집이 애니네 집에서 별로 안 멀거든요."

애니의 가슴이 콩닥콩닥 뛴다. 파울로가 나와 집까지 함께 걸어가고 싶다고?

"고맙구나, 파울로. 하지만 우린 괜찮아. 가자, 애니. 가봐야 할 일이 있어."

로레인이 말한다.

애니는 가고 싶지 않다. 차 문을 열고 싶지 않다. 파울로가 대신 문을 열어준다. 애니는 느릿느릿 차에 오르고, 싫지만 파울로가 문을 닫게 내버려둔다.

"마음이 바뀌시면, 애니 어머니……."

차가 떠난다.

"안녕히 가세요!"

파울로가 외친다.

애니의 얼굴이 달아올랐다. 방금 파울로가 제안한 것보다 큰 걸 바란 적이 없는데, 엄마는 생각해보지도 않고 매몰차게 거절했다.

"파울로한테 왜 그렇게 사납게 굴어요?"

애니가 쏘아붙인다.

"무슨 말을 하는 거야? 내가 언제 사납게 굴었다고."

"아뇨, 그랬어요!"

"애니……."

"그랬다고요!"

"그냥 남자애일 뿐이야……."

"맙소사, 엄마! 왜 맨날 여기 와야 되는 건데요? 엄마가 정말 싫증 나요! 엄마는 날 애 취급해요! 엄마 때문에 친구가 없다고요!"

로레인이 빽 소리치고 싶은 말을 참는 것처럼 입술을 깨물더니 핸들을 바꿔 잡는다.

"손 운동해라."

로레인이 말한다.

세 번째 만남 _ 포옹

"엄마?"

애니가 속삭였다.

엄마 얼굴이 하늘에 가득 찼다. 어디를 보나 엄마 얼굴이 있었다. 애니는 '엄마'라는 그 자연스러운 말을 아주 오랜만에 해본다는 걸 깨달았다.

"잘 지냈니, 우리 천사."

엄마가 대답했다. 어릴 적 엄마가 애니를 부르던 애칭이었다. 그 목소리가 마치 애니의 귀에 대고 말하는 것 같았다.

"정말 엄마예요?"

"그렇단다, 애니."

"우리가 천국에 있어요?"

"그렇단다, 애니."

"엄마도 이 과정을 겪었어요? 다섯 사람을 만나……."

"애니?"

"네?"

"네 나머지는 어디 있니?"

애니는 겨울 외투 속 자신의 휑한 몸통을 쳐다보았다. 목소리가 떨려 나왔다.

"제가 실수를 저질렀어요, 엄마. 사고가 있었어요. 추락 사고요. 파울로가… 제가 파울로를 구하려고 했어요. 파울로 기억나요? 같이 학교에 다니던? 우리가 결혼했어요. 하룻밤을 함께 보냈죠. 그러고 나서 열기구를 타러 갔어요. 그런데 제가 잘못해서……."

애니가 말을 멈추고 고개를 숙였다. 말의 무게감이 머리 위에 드리워진 것 같았다.

"고개 들어라, 아가."

로레인이 말했다.

애니는 고개를 들었다. 엄마의 피부는 도자기 같았다. 입술은 도톰하고 풍성한 고동색 머리칼은 뿌리가 검었다. 애니는 엄마의 미모를 거의 잊고 있었다.

"왜 그렇게 커요?"

애니가 속삭였다.

"이승에서 내가 네 눈에 그렇게 보였으니까. 하지만 날 원래대로 볼 때가 되었다."

엄마의 커다란 손이 위로 들렸다가 얼굴 쪽으로 내려왔다. 애니는 비척비척 앞으로 나가 엄마의 눈으로 들어갔다. 깊은 우물 같은 눈이 떠지면서 애니를 빨아들였다.

*

아이들은 부모를 필요로 하면서 삶을 시작하지만, 시간이 지나면 부모를 거부한다. 그러다가 자신이 부모가 된다.

애니는 로레인과 이 모든 단계를 지나왔다. 하지만 자식들이 흔히 그렇듯 엄마가 희생한 뒷이야기는 몰랐다.

로레인은 겨우 열아홉 살에 스물여섯 살의 제리를 만났다. 로레인은 제과점에서 일했고 제리는 빵 트럭 운전수였다. 로레인은 작은 고장의 반경 50킬로미터 밖으로 나간 적이 없어서, 매일 입는 이 뻣뻣하고 짧은 근무복과 지루한 일상에서 벗어날 꿈을 꾸었다. 어느 날 저녁, 제리가 스웨이드 재킷과 안전화 차림으로 나타나 드라이브를 가자고 제안했다. 두 사람은 밤을 뚫고 달렸고 이스트코스트에 도착해서야 멈추었다. 술을 마셨다. 함께 웃었다. 파도치는 바다에서 맨발로 텀벙댔다. 제리의 재킷을 담요처럼 모래밭에 펼쳤다.

3주 후 둘은 시내 법원에서 결혼했다. 로레인은 페이즐리 무늬의 원피스를, 제리는 갈색 운동복 점퍼를 입었다. 두 사람은 샴페인 잔을 부딪치고 해변에 있는 모텔에서 주말을 보냈다. 수영을 하고 침대에서 와인을 마셨다. 부부의 열정은 뜨거웠지만 대부분의 열정이 그렇듯 빨리 타버렸다. 1년 후 애니가 태어날 무렵에는 이미 불꽃이 사그라든 상태였다.

출산할 때 제리는 없었다. 트럭을 몰고 밤새 다른 고장에 가서 닷새 동안 돌아오지 않았다. 로레인의 오빠 데니스가 병원에서 집까지 태워다 주었다.

"제리가 여기 없다니 말도 안 돼."

데니스가 투덜댔다.

"그이는 올 거야."

로레인이 말했다.

하지만 하루하루 지나도 제리는 코빼기도 보이지 않았다. 로레인의 친구들은 전화로 아기 이름을 묻고는 찾아오고 싶다고 했다. 로레인은 아기에게 지어주고 싶은 이름이 있었다. 할머니에게 애니 에드슨 테일러라는 여자에 대해 듣고 감동한 적이 있었다. 1901년 63세 때 최초로 나무통을 타고 나이아가라 폭포를 건너 살아남은 여자였다.

"늙은 사람이 용기가 대단했지."

할머니는 감탄했다. '용기'란 단어를 아주 희귀한 것처럼 말했다. 로레인은 딸이 그러기를 바랐다. 자신도 그러기를 더욱 바랐다.

마침내 제리는 화요일 밤 술 냄새를 풍기며 집에 돌아왔다. 아기를 안고 있던 애니가 억지로 웃으며 말했다.

"우리 딸이에요, 제리. 예쁘지 않아요?"

제리가 고개를 갸우뚱했다.

"애 이름을 뭐로 할 거야?"

"애니."

제리가 코웃음을 쳤다.

"영화에 나오는 것처럼? 왜?"

*

그 순간부터 로레인은 혼자 애니를 키우는 것 같았다. 제리가 트럭을 운전하는 시간은 더 길어졌다. 몇 주간 집을 비우기 일쑤였다. 집에 돌아오면 아내가 식사를 얼른 차려주길 원했고, 방해받지 않고 자려고만 했다. 자기가 아내에게 관심을 줄 때면 아내 역시 자기만 바라보길 원했다.

로레인이 딸 울음소리에 고개를 들면, 제리는 로레인의 턱을 잡고 홱 돌리면서 말했다.

"이봐, 지금 내가 말하고 있잖아."

몇 달 후 제리는 성미가 더 사나워졌다. 폭력을 쓰는 일도 잦아졌다. 로레인은 남편을 두려워하게 된 게 수치스러웠다. 제리가 움켜잡거나 미는 것을 피하려고 냉큼 요구를 들어주는 게 부끄러웠다. 그들은 외출을 하지 않았다. 로레인은 계속 빨래와 설거지를 했다. 열려 있던 삶이 몇 년 새 이렇게 닫히다니 놀라울 따름이었다. 그래서 다른 길을 자주 생각했다. 그 제과점에서 일하지 않았다면, 제리를 만나지 않았다면, 그날 밤 제리의 트럭에 타지 않았다면,

그렇게 충동적으로 결혼하지 않았다면.

그러다가 딸이 없는 세상을 상상하는 자신을 책망했다. 애니를 들어 올려 품에 꼭 안고 말랑한 뺨을 느꼈다. 목을 얼싸안은 딸의 손길을 느끼고 있노라면 다른 인생에 대한 생각은 싹 지워졌다.

이것이 자녀들이 부모를 무장해제시키는 힘이다. 자녀가 필요로 하면 부모는 자신의 욕구를 잊는다.

*

애니의 세 살 생일 즈음 로레인은 이 결혼이 지속되지 못할 것 같다고 생각했다. 그리고 네 살 생일 즈음에는 그렇게 확신했다. 이제 제리가 집을 비우는 것은 일 때문만이 아니었다. 여자 문제로 닦달하면 제리는 어김없이 폭력을 쓰기 시작했다. 로레인은 딸에게 나쁜 아빠라도 필요하다는 잘못된 믿음과 죄책감 때문에 남편을 견뎠다.

하지만 애니가 멋대로 냉장고를 열어서 제리가 폭력을 쓴 그날, 로레인은 자기도 몰랐던 힘을 발휘했다. 남편을 내쫓았다. 열쇠도 바꿨다. 그날 밤 애니를 꼭 껴안고 딸의 곱슬머리에 얼굴을 묻고 울었다. 엄마가 슬퍼해서 애니도 울었다.

차츰 이혼 얘기가 나왔다. 제리는 자신이 일거리가 없다고 주장했다. 돈 문제로 시달렸다. 그래서 로레인은 타이핑

일감을 얻어 집에서 일했다. 딸이 아빠의 부재 때문에 혼란스러운 걸 알고 로레인은 행복한 세상을 만들어주려 애썼다. 애니에게 자유롭게 춤추고 큰 소리로 노래하라고 부추겼다. 함께 스프링클러 아래서 뛰거나 몇 시간 동안 보드게임을 하기도 했다. 로레인은 딸이 거울 앞에서 분홍색 립스틱을 바르거나 핼러윈 때 좋아하는 슈퍼히어로 의상을 고르게 해주었다. 몇 달간 모녀는 한 침대에서 잤고 로레인은 밤마다 자장가를 불러주며 애니를 재웠다.

시간이 흐르고 공과금이 연체되면서 로레인은 집 밖에서 하는 일자리를 구했다. 이웃들에게 애니를 봐달라고 부탁하거나 기진맥진해서 퇴근하는 날들이 이어졌다. 결국 로레인은 새로 출근한 사무실에서 남자들에게 데이트 신청을 받으면 얼른 승낙해버렸다. 남자가 베이비시터 비용을 댈 경우에는 특히 그랬다. 짧은 데이트가 연달아 계속됐지만 신통치 않았다. 로레인은 계속 노력했다. 인생을 바꾸고 싶었다.

그러다 루비 가든에 간 날이 왔다. 로레인에게는 소망이 있었지만, 원하는 방향으로 풀리지 않았다.

*

천국에서는 시각을 공유할 수 있기에, 애니는 엄마의 눈을 지나 기억으로 들어갔다. 그리고 어느새 처음 살던 집

뒷마당에 앉아 있었다. 하늘이 흰색이었다. 이웃집들처럼 마당에는 빨랫줄에 침대 시트와 옷이 널려 있었다. 로레인은 출근할 때 입는 파란 스커트와 흰 블라우스에 하이힐을 신고 있었다. 무릎에는 서류봉투가, 손에는 서류를 들고 있었다.

"이게 뭔지 아니, 애니?"

애니는 여전히 어떻게 여기 있는지 이해하려고 애쓰면서도, 잘 모르겠다며 고개를 저었다.

"변호사에게서 온 서류란다. 네 아빠가 보냈지."

애니가 눈을 깜빡거렸다.

"왜요?"

"네 아빠는 내가 엄마로서 적합하지 않다고 주장했어. 네가 당한 사고 때문에. 양육권을 원했지."

"제 양육권이요?"

"완전히."

"하지만 아빠를 본 지가……."

"몇 년이나 지났지. 알아. 하지만 제리는 놀이공원을 상대로 소송을 걸고 싶어 했고, 그러려면 네가 필요했겠지. 한몫 단단히 챙길 기회로 본 거야. 제리는 돈이면 포기하지 않았으니까."

로레인이 말을 이었다.

"제리가 널 데려가면 네 인생이 어떻게 될지 빤했어. 그래서 내가 결정을 내린 거야."

애니는 침실 창문을 힐끗 보았다. 창을 내다보는 어린 자신이 보였다.

"이날이 기억나요……. 기자들이 집에 찾아온 날이었어요."

"맞아."

"우린 다음 날 떠났고요."

"너한테 그 이유를 말해준 적은 없었지."

로레인은 서류를 내려놓았다.

"이제 이유를 알겠니."

로레인이 일어나더니 치마를 매만졌다.

"이게 시작이지."

로레인이 말했다.

"시작이라니, 뭐가요?"

애니가 물었다.

"우리 비밀이 끝나는 것. 가자. 너한테 보여줄 것이 더 있단다."

애니는 엄마 옆에서 둥둥 떠가는 기분을 느꼈다. 오후의 하늘이 새벽으로 녹아들었고, 이튿날 아침 차가 떠나는 광경이 보였다. 차 트렁크가 줄로 단단히 묶여 있었다.

"난 떠나는 게 싫었어요."

애니가 말했다.

"네가 싫어한 걸 나도 알아."

"상황이 달라졌죠."

"그럴 수밖에 없었지."

"우린 모든 것에서 멀어졌어요."

"흠, 전부는 아니지."

둘은 더 아래로 내려가서 운전을 하고 있는 로레인을 보았다. 그 옆에서 애니가 자고 있었다.

"서로가 있었으니까."

애니, 실수하다

애니는 열네 살이다. 파울로의 가족은 곧 이탈리아로 이주할 예정이다.

애니는 이날을 겁내고 있다. 이제서야 파울로와 점심을 같이 먹고, 수업 시간 사이사이 만나기도 하는데 말이다. 애니는 파울로를 친구 이상으로, 진짜 좋아하는 사람으로 생각한다. 혹은 어릴 때 나름 사랑하는 사람으로 생각한다. 그렇다고 딱히 대단한 일을 하는 건 아니다. 첫사랑은 가슴속에만 머무는 경우가 허다하다. 빛을 쬐면 죽는 식물이라도 되는 것처럼.

그래도 애니는 매일 파울로를 그린다. 동물원이나 쇼핑몰에서 둘이 손을 잡고, 서로 쿡쿡 찌르는 장면을 상상한다. 그런데 이제 파울로는 떠날 테고 애니는 단순히 친구(혹은 그 이상의 사람)만 잃는 게 아니라 다른 여자애들을 막아주는 방패도 잃게 된다.

파울로가 마지막으로 등교한 날 아침, 애니가 사물함 옆에 서서 교과서를 꺼낼 때였다. 인기 있는 여자애 메건이 다가와서 말을 건다. 한 번도 대화해본 적 없는 사이였다.

"안녕."

애니가 깜짝 놀라 인사한다.

"안녕."

그러자 메건이 말한다.

"파울로가 보고 싶겠구나."

애니는 얼굴을 붉히지만 메건이 다시 말한다.

"아니, 진짜로. 멋진 애잖아. 파울로가 널 보듯 날 봐줬다면, 난 너무 보고 싶을 것 같아."

애니는 메건의 말에 놀란다. 새 친구를 사귈 수 있는 가능성이 샘솟는다. 메건이 생긋 웃자, 애니는 비위를 맞추고 싶어 마음이 급하다.

"봐."

애니가 공책을 펼쳐 수업 시간에 연필로 그린 파울로의 얼굴을 보여준다. 파울로의 눈을 큼직하게 강조해서 그린, 애니의 솜씨가 돋보이는 그림이다.

메건이 말한다.

"어머, 세상에. 진짜 멋지다. 사진을 찍어야겠네."

메건이 작은 휴대폰을 꺼내더니 애니가 말리기도 전에 사진을 찍어댄다. 애니는 카메라가 있는 휴대폰을 본 적이 없었다.

"새거야. 진짜 근사하지, 그치?"

메건이 휴대폰을 애니 쪽으로 흔들면서 말한다.

메건은 애니에게 다른 사진들도 보여준다. 의기양양하게 렌즈를 쳐다보는 친구들 사진이다. 애니는 특별한 그룹의 일원이 된 기분이다.

종이 울린다.

"잘 가."

메건이 인사한다.

애니는 메건이 서둘러 가는 모습을 지켜본다. 어쩌면 파울로가 가는 것이 끝은 아니라는 생각이 든다. 메건과 파울로 이야기를 할 수도 있겠지. 인기 있는 여학생들이 떠드는 다른 얘기도. 애니에게는 새로운 느낌이라서 그 감정에 젖어들자 기분이 좋아진다.

하루 일과가 끝나자 파울로의 사물함 쪽으로 향한다. 평소 거기서 파울로를 만나곤 했다. 애니에게는 계획이 있다. 두 사람은 평소처럼, 어쩌면 이번에는 더 오래 대화를 나눌 것이다. 애니는 자신이 그린 그림을 파울로에게 주고 싶다. 이탈리아에서 편지를 쓰라고, 답장을 쓰겠다고 말하고 싶다. 가장 하고 싶은 것은 키스다. 어색하지 않을 것 같다. 파울로가 떠나니까. 사람들은 키스를 하잖아? 뺨에 뽀뽀? 혹은 입술에? 하루 종일 이런 생각을 했다. 사실은 며칠이나 생각해왔다.

복도로 내려간다.

애니가 얼어붙는다.

아이들 한 무리가 파울로의 사물함을 에워싸고 있다. 중앙에는 파울로가 있다. 남학생 여학생이 모두 웃고, 남자애 몇 명은 파울로의 등을 때린다. 가운데에 메건도 있다. 모두에게 전화기를 보여주고 있다.

"아이고, 진짜 너처럼 생겼네!"

한 남자애가 큰 소리로 말한다.

"네 스토커잖아!"

다른 아이가 말한다.

"생일 선물로 네 피부를 벗기고 싶어 할걸!"

다들 웃음을 터뜨린다. 애니는 파울로를 지켜본다. 파울로는 아무 말도 하지 않는다.

갑자기 한 명이 애니를 쳐다보고 말한다.

"이런!"

모두 애니를 향해 몸을 돌린다. 애니는 화살을 맞은 기분이다. 침을 삼킬 수가 없다. 메건이 휴대폰을 등 뒤로 감춘다.

평소의 애니라면 움츠러들어서 자리를 피할 것이다. 그런데 가운데 서 있는 파울로의 어떤 점 때문에 그러지 않는다. 다른 애들이 자신이 가진 마지막 것을 빼앗아간 것 같다. 애니는 자기도 모르게 발을 움직여 앞으로 나간다. 그러자 자석의 같은 극끼리 만난 듯 아이들이 갈라선다. 애니는 메건과 똑바로 마주 선다.

애니가 침을 꿀꺽 삼킨다.

"나도 봐도 되니?"

애니가 묻는다.

메건은 눈을 굴린다. 휴대폰을 보여준다. 애니는 휴대폰에 찍힌 자신의 그림을 본다. 파울로. 커다란 눈.

"왜 네가 그걸 모두에게 보여주고 있는 거지? 네 그림도 아닌데."

애니가 떨리는 목소리로 말한다.

그러고는 파울로에게 몸을 돌리고 말한다.

"너한테 주려던 거야."

파울로의 입이 벌어진다. 그런데 아무 말도 하지 않는다. 모두가 꼼짝하지 않는다. 그러다가 파울로가 살짝 움직이자, 애니는 자기 안에서 뭔가 풀리듯 앞으로 나간다. 정신을 차려보니 사신이 파울로의 입술에 뽀뽀를 하고 있었다. 순식간이다. 눈에 눈물이 차오른다.

"잘 가."

애니가 속삭인다.

뒤돌아 걸어가면서 뛰고 싶은 충동과 싸운다. 어떤 여자애의 말소리가 들린다.

"왜, 계속하지. 미쳤나봐."

다른 애가 말한다.

"어머…… 세상에…… 이럴 수가."

모퉁이를 돌자 애니는 더 참지 못하고 뛰기 시작한다. 그때부터 계속 달려서 뒷문으로 나와 길을 건넌다. 눈물이 뺨에 흐른다.

공원에 도착하자 벤치에 주저앉는다. 양옆으로 파란 휴지통이 있다. 어두워진 후에야 집에 돌아간다. 엄마가 화난 얼굴로 소리친다.

"왜 이렇게 늦니?"

"그러고 싶으니까요!"

애니가 맞받아친다.
로레인은 애니에게 한 달간 외출 금지 벌을 준다.
다음 날 파울로는 가고 없다.

모든 아이들은 비밀을 갖고 있다. 모든 부모도 마찬가지다. 우린 진실을 숨기고 남들이 믿기 바라는 이야기를 그럴듯하게 꾸민다. 그런 식으로 가장 가까운 가족들의 사랑을 받을 수도 있고 때로는 가족을 교묘히 피하기도 한다.

서둘러 나라를 횡단해 애리조나 시골의 새 근거지에 도착했을 때, 로레인은 비밀을 단단히 봉인했었다. 무척 공들여 과거를 지웠다. 옛날 사진들을 없앴다. 옛 친구들과 연락을 끊었다. 전남편 이야기를 전혀 하지 않았다. 루비 가든을 입에 올리지 않았다.

다른 주에 왔으니 다른 인생이 되기를 바랐다. 하지만 우리가 한 일은 멀리 가지 않는 법. 어딜 가나 그림자처럼 따라다녔다.

한편 애니는 예전에 가졌던 희망을 포기했다. 열여섯 살 무렵 고등학교에서 자신이 왕따라는 것을 받아들였다. 친구가 거의 없어서 주로 집에서 지냈다. 클레오를 옆에 끼고 책을 읽었다. 외모가 예뻐져서 달라붙는 옷을 입으면 가끔 남자애들의 시선이 느껴졌다. 그런 관심이 혼란스러웠다. 눈길을 받는 것도 괜찮았지만 남들이 알은체해주기를 바랐다. 그러나 아무도 말을 걸지 않았다.

어느 날 역사 시간에 선생님이 가족의 뿌리를 물었다.

"너는 어떠니, 애니?"

애니는 자세를 낮췄다. 이름을 불리는 게 싫었다. 곁눈질을 하니 남자애가 어린애 보듯 쳐다보고 있었다.

"아는 게 별로 없어요."

애니가 대답했다.

어떤 애가 '아는 게 별로 없어요'라는 가사로 노래를 부르자 반 애들이 웃음을 터뜨렸다. 애니는 얼굴을 붉혔다.

"저기, 애리조나 태생은 아니지, 그렇지?"

"네."

애니는 엄마가 정한 규칙을 어기고 인정했다.

"어디서 태어났니?"

이 상황을 넘어가려고 몇 가지 세부 사항을 말했다. 어디서 태어났고, 거기서 몇 년이나 살았는지, 조부모가 어디 출신인지.

"그럼 왜 여기로 이사 왔니?"

선생님이 물었다.

애니는 얼어붙었다. 거짓말을 지어낼 수가 없었다. 누군가 낄낄대는 소리가 들렸다.

선생님이 다시 말했다.

"대답하기 어려운 질문은 아닌데."

"제가 사고를 당해서요."

애니가 우물우물 대답했다.

어색한 침묵이 흘렀다.

선생님이 말했다.

"됐다. 다른 사람?"

애니는 숨을 내쉬었다.

수업이 끝나기 전, 선생님은 자신이 태어난 날 세계에서 어떤 사건이 일어났는지 조사하는 과제를 내주었다. 학교 도서관을 이용하거나 컴퓨터 검색 엔진을 쓰는 것도 좋다고 하면서. 당시는 검색 엔진이 처음 나온 시기였다.

애니는 집에 컴퓨터가 없어서 도서관 마이크로필름을 이용했다. 태어난 날 남아프리카 사태가 마무리되었고 유명 하키 선수가 리그 기록을 경신했다. 애니가 이 내용을 옮겨 적었다.

그 주가 끝날 무렵 학생들은 과제 발표를 했다. 애니는 일어나서 간단한 사실들을 발표한 후 홀가분해서 얼른 앉았다. 창밖을 내다보며 한눈을 파는데 메건의 발표 소리가 들렸다. 파울로와 이별할 기회를 망친 여자애가 마지막에 덧붙여 말했다.

"컴퓨터를 쓰다가 발견한 기사인데요, 애니가 '사고'난 곳이 놀이공원이고 애니 때문에 누군가 죽었대요."

학생들이 경악했다. 한 아이가 외쳤다.

"뭐야?"

애니는 한기가 들면서 얼굴이 달아올랐다. 기침이 나기 시작했다. 숨을 쉴 수가 없었다. 자신을 쳐다보는 얼굴들 사이로 그날 루비 가든에서의 장면들이 계속 스쳐 지나갔다. 열차 여행, 엄마가 밥과 가버린 일. 머리가 흐리멍덩해졌다. 팔이 책상에서 미끄러졌다.

선생님이 말했다.

"애니, 괜찮니? 이리 오너라, 이리 와. 나가자……."

그리고 서둘러 애니를 교실 문 밖으로 내보냈다.

*

그날 애니는 집에 도착하자마자 책을 탁자에 던지고는 메건이 수업 시간에 한 말을 되뇌며 악쓰기 시작했다. 청구서 더미를 챙기던 로레인이 펜을 든 채 한순간 얼어붙었다. 그러더니 다시 돋보기로 청구서를 보며 글씨를 썼다.

"놀이공원에서 그런 걸 알고 있었잖아."

로레인이 말했다.

"나머지는요, 엄마?"

"뭐가?"

"내가 사람을 죽였나요?"

"당연히 아니지!"

로레인이 펜 뚜껑을 닫으면서 말을 이었다.

"못된 여자애가 못된 거짓말을 한 거야."

"확실해요?"

"어떻게 그런 생각을 했니?"

"누가 죽었어요?"

"대형 사고였어, 애니. 직원들이 있었어. 기구 운영요원도. 승객들도. 많은 사람이 피해를 입었지. 너는 피해자야, 기억나지? 우린 소송을 할 수도 있었어. 내가 그러지 않은

게 후회된다. 이 청구서 더미를 보니."

"누가 죽었냐고요!"

"직원 한 명이 그랬을걸. 네가 모르는 사람이었어."

"그 외에 무슨 일이 있었죠?"

로레인이 돋보기안경을 벗었다.

"정말 시시콜콜 다 알아야겠니? 이렇게 뜬금없이? 우리가 이제껏 겪은 걸로 충분하지 않아?"

"우리요? 진심이에요, 엄마? 지금 우리라고 하셨어요?"

애니가 악썼다.

로레인도 같이 악썼다.

"그래! 진심이야, 애니. 우리지!"

"난 친구가 하나도 없다고요, 엄마! 나도 친구를 갖고 싶어요!"

"나도 친구가 있으면 좋겠다, 애니!"

"난 다시 그 수업에 들어가지 않을 거예요!"

"넌 다시 그 학교에 가지 않을 거야!"

"좋아요!"

"좋다!"

두 사람 다 얼굴이 빨개져서는 숨을 몰아쉬었다. 로레인이 일어나서 주방으로 갔다. 수도를 틀고 물 아래서 손을 빡빡 문질러 씻었다. 로레인이 다시 말했다.

"솔직히 무슨 교육이 그따위야? 생일에 무슨 일이 일어났는지 찾아보라고? 홈스쿨링을 받는 게 훨씬 낫겠다."

"난 그딴 거 안 해요!"

애니가 소리쳤다.

"다른 학교를 알아볼 거야."

"제발 그만요, 엄마! 제발!"

애니는 소파에 주저앉았다. 쿠션에 얼굴을 묻었다.

며칠 후 애니는 전학을 갔지만, 그 학교가 못마땅해서 또 다른 학교로 옮겼다. 그 후 사고 얘기는 다시 거론되지 않았다.

하지만 기억을 함구한다고 거기서 해방되는 것은 아니다.

*

여러 학교를 전전하면서 애니는 엄마가 내건 규칙을 어기겠노라 더욱 다짐했다. 졸업반 무렵에는 그 규칙을 완전히 무시할 방법을 찾았다.

차를 가진 남자친구.

이름은 월트였고 애니보다 한 살 위였다. 호리호리한 체구, 날렵한 콧날, 삼각형의 구레나룻. 애니는 저녁과 주말 내내 월트와 어울렸다. 월트는 손으로 만 담배를 피웠고 거친 사운드의 음악을 좋아했다. 애니는 월트가 자신을 독특하게 여기는 게("넌 이상야릇해, 좋은 방향으로"라고 말했다) 기분 좋았다. 그건 관심을 뜻했으니까. 거기에는 애니가 처음으로 남자에게 받은 육체적인 관심도 포함되었다.

이 무렵 애니는 키가 크고 굴곡진 몸매, 풍성하고 긴 곱슬머리, 곧고 가지런한 치아를 가지고 있었다. 얌전하게 옷을 입었고 레깅스와 낡은 운동화를 좋아했다. 평점 4점의 성적으로 고등학교를 졸업했으며, 두 명의 친구를 사귀었다. 한 명은 뿔테 안경을 쓰고 1950년대 빈티지 옷을 즐겨 입는 주디였고, 또 한 명은 가느다란 자기 수염을 연신 잡아당기던 수학 영재 브라이언이었다. 그러나 애니는 졸업식 이후 두 사람 다 만나지 않았다.

졸업식 날, 애니는 졸업장을 받고 교장 선생님과 악수할 때까지만 자리를 지켰다. 교장 선생님이 애니에게 속삭였다.

"행운을 빈다, 애니. 이제 어디든 가도 돼."

애니는 정말 그렇게 했다. 무대에서 내려와 주차장으로 직행했다. 월트가 초록색 닛산 쿠페 옆에서 애니를 기다리고 있었다.

"그래, 끝났구나."

월트는 무표정했다.

"다행이지."

애니가 말했다.

"어디 가고 싶은 데 있어?"

"아무 데나."

"엄마한테 전화해야 되니?"

"오지 말라고 했어. 그래도 엄만 왔을 거야."

“손님석에 아직도 있으려나?”

“내 짐작에는.”

월트가 애니의 어깨 너머를 보면서 말했다.

“더 짐작해봐.”

애니가 돌아보니 엄마가 보였다. 옥색 스커트와 재킷을 입고 종 모양의 모자를 쓴 채 앞쪽 잔디밭을 건너오고 있었다. 하이힐이 풀밭에 자꾸 빠져서 휘청휘청대면서도 소리를 질렀다.

“애니! 뭐 하는 거니?”

로레인은 바람에 날아갈까봐 모자를 푹 누르고 있었다.

“가자고.”

애니가 중얼댔다.

“기다릴 거 아냐?”

“가자고 했잖아.”

애니가 차에 올라타고는 문을 쾅 닫았다. 월트가 시동을 걸었다. 둘은 휙 떠났다. 로레인은 손으로 모자를 잡은 채 현수막 앞을 지나는 그들을 바라보았다. 현수막에는 ‘졸업을 축하합니다!’라고 적혀 있었다.

애니는 1년간 엄마와 연락하지 않았다.

*

그 기간 애니는 월트네 집 지하실에서 월트와 지냈다.

공들여 지은 조촐한 단층집은 트레일러 단지와 한 시간 거리에 있었다. 애니는 엄마와 마주칠 가능성이 없다는 생각에 그 느낌이 주는 자유를 누렸다. 앞머리를 싹둑 잘라 연보라색으로 염색하고, 월트가 준 '너한테 빚진 거 없다'라고 프린트 된 티셔츠를 자주 입었다.

월트의 아버지는 유제품 공장에서 야간 근무를 했고, 월트는 인근 자동차 정비소에서 차를 수리했다. 애니는 성적 덕분에 지역 커뮤니티 칼리지에서 장학금을 받고 영문학과 사진 강의를 들었다. 언젠가 여행 잡지에 사진을 게재할 꿈을 꾸면서. 그리고 카메라를 들고 파울로가 사는 이탈리아에 가서 "어머나, 안녕. 어쩜 이런 우연이 있지?"라고 말하리라.

몇 달이 지나고 엄마에게 전화할까 고민이 들었다. 특히 월트가 음식 투정을 하거나 외출 전에 샤워하기 싫다고 애처럼 굴면 엄마 생각이 났다. 하지만 그 또래답게 애니는 자신을 잡아줄 길잡이보다 독립에 대한 갈망이 강했다. 게다가 엄마가 누군데 남자 문제를 의논하겠는가? "정말 이런 꼴로 살고 싶은 거니, 애니? 남자 친구네 지하실에서?" 애니는 엄마가 늘어놓을 빤한 잔소리를 생각하면 절로 수화기를 내려놓게 되었다.

그러다 다음 여름, 데니스 삼촌을 놀래키려고 병원에 들렀다. 삼촌은 몇 년 전 애리조나로 옮겨 진료를 하고 있었다. 오후 다섯 시가 넘어서 그런지 안내석에는 아무도 없어서 진료실로 가서 노크를 했다. 안에서 "네?"라고 해서 손잡이를 돌렸다.

"애니?"

데니스가 눈을 휘둥그레 뜨고 말했다.

"안녕하세요, 제가……."

애니가 말을 멈추었다. 목구멍이 뻐근했다. 바로 근처 의자에 엄마가 앉아 있었다. 얼굴이 수척하고 눈이 퀭했다. 파란 스웨터와 황토색 바지 아래로 가느다란 팔다리가 보였다. 그렇게 마른 모습은 처음이었고, 아파서 바스러질 것처럼 야윈 상태였다.

"잘 있었니, 아가."

로레인이 힘없이 말했다. 그리고 데니스를 힐끗 보면서 말했다.

"오빠가 굳이 애니한테 소식을 전해줄 필요는 없게 됐네."

*

암은 로레인을 빠르게 공격했고 6개월이 지나자 치료조차 할 수 없도록 온몸에 전이되었다. 오히려 이 시점에서는 치료가 아니라 안락이 문제였다.

애니는 급작스런 변화에 깜짝 놀라 어떻게 대응해야 할지 난감했다. 자신이 엄마 곁에 없었다는 죄책감이 들면서 최대한 엄마와 시간을 보내야 될 것 같았다. 약국에 들르기. 일과 후에 커피숍에 가기. 그런 식으로 두 사람은 서로의 궤도로 돌아왔다. 하지만 해야 될 이야기를 피했기에 대화가 겉돌았다.

"홍차 어때요?"

애니가 물었다.

"좋아."

로레인이 대답한 후, 이어 물었다.

"학교는 어떠니?"

애니가 대답했다.

"좋아요."

모녀는 각자 자기가 숨긴 감정들과 대면할 기운이 없었다. 서로 예의를 지켰다. 뺨에 뽀뽀를 했다. 애니는 엄마에게 차 문을 열어주었고 걸을 때는 팔을 부축했다. 시간이 더 있었더라면 둘 사이의 벽이 무너졌을 터였다.

하지만 세상은 우리의 타이밍에 맞춰주지 않는다.

"사랑한다, 애니."

어느 날 밤 애니가 야채튀김 접시를 건넸을 때 로레인이 말했다.

"드세요. 기운을 내야 해요."

애니가 말했다.

"사랑이 기운이지."

로레인이 대꾸했다.

애니는 엄마의 어깨를 어루만졌다. 살은 아예 없고 뾰족

한 뼈만 남아 있었다.

이틀 후 애니는 휴대폰 알람이 울리기도 전에 벨소리를 듣고 깼다.

"병원으로 오는 게 좋겠구나."

데니스 삼촌이 나직이 말했다.

데니스가 울음을 터뜨리자 애니도 울었다.

*

로레인이 비밀스럽게 살았기 때문에 몇 명의 조문객만 묘지에 모였다. 애니, 월트, 데니스 삼촌과 직장 동료 몇 명이 모인 곳에서 사제가 기도문을 낭독했다.

이 장면이 앞에 떠오르자 로레인이 말했다.

"우습지. 사람들은 늘 자기 장례식을 궁금해하지. 얼마나 거창할까? 누가 참석할까? 결국 아무 의미도 없는데. 죽으면 알게 된단다, 장례식은 고인이 아니라 남은 사람들을 위한 절차라는 걸."

둘은 검은 원피스 차림의 애니를 지켜보았다. 삼촌의 어깨에 얼굴을 묻고 서럽게 울고 있었다.

"넌 정말 슬퍼했어."

로레인이 말했다.

"당연하죠."

"그런데 나한테 왜 그렇게 오랫동안 빗장을 잠갔니?"

"미안해요, 엄마."

"네가 미안해하는 걸 알아. 나는 그저 네가 왜 그랬는지 묻고 있는 거야."

애니가 한숨을 쉬고 말했다.

"이유를 아시잖아요. 엄마는 절 당황하게 만들었어요. 답답하게 했죠. 저는 사교적인 일을 하고 싶었어요. 재미있게 놀 모든 기회를 잡고 싶었죠. 그런데 어린 시절에는 죄수로 사는 것 같았어요."

애니가 말을 이었다.

"친구를 사귈 수가 없었어요. 모든 게 금지였지요. 다들 날 이상하게 여겼어요. 엄마에게 붙들린 여자애로."

애니가 왼손을 위로 들고 덧붙였다.

"이게 도움이 되지 않았고요."

로레인이 시선을 돌리자 묘지가 시야에서 사라졌다.

"그날 정말 무슨 일이 있었는지 아니?"

"루비 가든에서요?"

"응."

"저는 아무것도 몰라요, 기억나죠? 그게 제 인생의 커다란 검은 구멍이에요. 엄마는 절대 말해주지 않았죠. 우린 기차를 타고 거기 갔어요. 티켓을 샀죠. 병원에서 깨보니 붕대를 감고 있었고……."

애니는 오래전에 느꼈던 분노에 휩싸였다. 애니가 고개를 내저었다. 천국에서 화내봤자 무슨 소용이 있다고.

"아무튼 그게 제가 아는 전부예요."
애니가 툴툴댔다.
"흠, 난 더 아는 게 있지. 이제 말해줄 때가 되었구나."
로레인이 애니의 손을 잡으며 말했다.

세 번째 교훈

갑자기 두 사람은 뜨거운 여름 태양이 쏟아지는 루비 가든에 돌아와 있었다. 앞쪽의 길고 넓은 데크 산책로에 나들이객이 북적댔다. 유모차를 끄는 부부들과 조깅을 하거나 스케이트보드를 타는 사람들이 보행자들 사이를 누비며 지나갔다.

"제가 아는 사람들인가요?"

애니가 물었다.

"아래를 보렴."

엄마가 말했다.

데크 산책로 밑에서 애니는 젊은 엄마를 보았다. 로레인은 밥과 함께 맨발로 모래사장을 걷고 있었다. 신발은 손에 든 채로. 밥이 연신 끌어당겨도 로레인은 장난스럽게 밀어냈다. 그러다 어느 시점에서 로레인이 손목시계를 힐끗 보더니 바다 쪽을 내다봤다. 밥이 로레인의 턱을 당겨서 짙은 키스를 퍼부었다.

"되돌리고 싶은 순간이 있니?"

로레인은 딸 옆에서 그 순간을 지켜보았다.

"내가 얼마나 시시한 짓을 저질렀는지, 얼마나 중요한 걸 놓쳤는지 깨닫고 입이 떡 벌어지는 순간 말이야."

애니가 고개를 끄덕였다.

로레인이 대답했다.

"내게는 바로 저 순간이었어. 저때 난 너를 생각했어. 시계가 3시 7분을 가리켰던 게 기억나. 네 생일이지. 3월 7일. 그때 '애니한테 돌아가야 해'라고 생각했지."

"그런데 안 그랬어요."

"그래, 안 그랬지."

로레인이 부드럽게 말했다.

밥이 로레인을 끌어안고 목덜미에 키스하는 광경이 계속 이어졌다. 밥이 로레인의 팔을 잡아당기자 둘이 모래밭에 주저앉았다.

"네 아빠가 우릴 버린 후 난 나쁜 선택을 많이 했어. 나를 원하는 사람이 없고 내가 매력이 없다고 느꼈지. 애 딸린 여자라서 남자들의 관심을 못 받을 줄 알았어. 그래서 과하게 처신했지. 남자들을 계속 쫓아다녔어. 내 인생을 바꾸고 싶었지."

애니가 잠자리에 들 시간이 지나면 늘 엄마의 애인이 찾아오곤 했었다. 그때 애니는 방에서 살그머니 나가 계단 꼭대기에 숨어서 그 모습을 지켜보았다. 엄마가 최근에 사귀는 남자와 나가면 베이비시터가 문을 닫는 것도.

로레인이 말했다.

"그때 난 젊었지. 산뜻하게 새 출발을 하고 싶었어. 네 아빠랑 누리지 못했던 것들을 원했지. 안정감, 애정. 나를 두고 다른 여자들을 선택한 그 사람에게 좋은 걸 놓쳤다고 증명하고 싶은 욕심이 내 마음 깊이 있었지."

로레인이 말을 이었다.

"한심한 생각이었어. 사랑은 복수가 아니야. 돌멩이처럼 던질 수 있는 게 아니지. 그리고 문제를 해결하려고 사랑을 만들 수도 없지. 억지 사랑은, 꽃을 꺾고는 꽃이 피어야 한다고 고집부리는 거랑 비슷해."

이제 밥은 잠시 로레인에게 손을 떼고 재킷을 벗어 모래밭에 펼치고 있었다. 애니는 젊은 엄마가 겁먹은 표정으로 팔꿈치를 감싸 쥐는 모습을 보았다.

로레인이 말했다.

"그 순간 정신이 확 들더구나. 몇 년 전 네 아빠와 처음 같이 있었을 때도 똑같았거든. 해변, 재킷, 모래밭에 누웠던 것도. 모든 게 그렇게 시작됐어."

그리고 말을 이었다.

"어리석은 짓을 똑같이 다시 벌이고 있다는 걸 깨달았지. 왜 다른 결과를 얻을 거라 기대했을까?"

로레인이 딸을 똑바로 쳐다보면서 말했다.

"미안하다, 애니. 날 사랑해줄 새 사람을 찾는 데 골몰해서 이미 최고의 사람을 가진 걸 깜빡했구나. 너 말야."

애니가 속삭였다.

"엄마가 이렇게 한 줄 전혀 몰랐어요."

로레인이 고개를 끄덕였다.

"나 자신도 잘 몰랐어, 그날까지는."

그러곤 다시 산책로를 가리켰다. 둘은 로레인이 얼른

일어나 신발 드는 모습을 지켜봤다. 밥이 성난 표정으로 로레인의 다리를 붙잡는데도, 로레인은 밥을 뿌리치고 뛰었다. 밥은 바지에 모래가 튈 정도로 모래밭을 주먹으로 때렸다.

"저 순간 널 데려오고 싶은 마음밖에 없었어. 집에 데려가 아이스크림을 사 먹이고 싶었어. 세상에서 가장 행복한 아이로 만들어주고 싶었지."

로레인이 말을 이었다.

"장막이 걷힌 기분이었어. 나한테 맞지 않은 남자들이랑 끝낼 수 있었지. 시시덕대는 멍청한 통화도. 마침내 상황을 똑바로 보게 된 거야."

"어떻게 됐어요?"

애니가 물었다.

로레인이 먼 곳을 쳐다보았다.

"상황을 똑바로 봤다고 해서 때맞춰 그랬다는 뜻은 아니야."

*

모녀는 다급히 루비 가든으로 향하는 젊은 로레인을 보았다. 앰뷸런스가 불을 번쩍이며 로레인 앞을 지나가고, 경찰관들이 무전기에 대고 소리치고 있었다. 어리둥절해서 앞뒤를 둘러보던 로레인이 구경꾼들 속으로 밀려났다. 로레인은 사람들을 뚫고 범퍼카와 찻잔 탑승구를 지나 푸드코트 안을 뒤지면서 계속 소리쳤다.

"애니! ……애니!"

그렇게 한 시간 정도 헤매었을 때, 로레인은 노란 바리케이드 테이프 옆에 서 있는 경찰관을 봤다. 경찰관은 직원으로 보이는, '도밍게즈'라는 명찰 달린 셔츠를 입은 비쩍 마른 청년과 대화를 나누고 있었다.

비쩍 마른 청년의 눈에 눈물이 그렁그렁했다.

로레인이 끼어들었다.

"저 좀 도와주시겠어요? 죄송해요. 다른 일로 바쁘신 줄 알아요. 하지만 제 딸 때문에요. 아무리 찾아봐도 딸을 찾을 수가 없어요. 걱정이 돼서요."

경찰관이 도밍게즈를 힐끗 쳐다봤다.

"인상착의는요?"

경찰관이 물었다.

로레인은 애니의 모습을 설명했다. 끝이 너덜너덜한 반바지, 앞에 오리가 그려진 연두색 티셔츠.

"아, 세상에."

도밍게즈가 중얼댔다.

*

애니는 칙칙한 빨간색으로 변하는 하늘을 바라보았다.

로레인이 말했다.

"내 인생에서 가장 바닥인 순간이었지. 딸이 날 가장 필요로 할 때 난 시시껄렁한 남자랑 있었으니."

그러곤 말을 이어갔다.

"병원에 도착하니 이미 수술이 시작되었더구나. 뭘 하는 중인지 물어야 했지. 내가 네 엄마인데 남처럼 물어야 하다니. 대성통곡했어. 단지 네 고통 때문이 아니라 나 자신이 수치스러워서 그랬단다, 애니."

설명이 이어졌다.

"그 모든 규칙? 내가 부과한 모든 제한과 귀가 시간? 다 그날 때문이었어. 다시는 실수하고 싶지 않았거든."

"그런 것들이 엄마를 미워하게 만든걸요."

애니가 부드럽게 말했다.

"내가 날 더 미워했지. 난 너를 보호하지 못했어. 너를 혼자 뒀지. 그 후로 다시는 날 좋은 엄마로 생각할 수 없었단다."

로레인이 덧붙여 말했다.

"너무 창피했어. 내가 나를 닦달할 때면 너를 닦달하게 됐지. 후회에 눈이 머는 법이란다, 애니. 자신을 벌주는 사이 다른 누구를 벌준다는 걸 모르지."

애니는 잠시 생각에 잠겼다가 물었다.

"그게 여기서 저한테 가르쳐줄 교훈인가요?"

"아냐, 이건 내 일이고 가장 아픈 비밀을 나누는 거야."

로레인이 조용히 대답했다.

애니는 엄마의 젊은 얼굴을 물끄러미 바라보았다. 뽀얀 얼굴을 보니 아직 이십 대인 듯했다. 내세에서 찾아올 일들이 밀려오는 느낌이었다.

"저도 비밀이 있어요."

애니가 말했다.

애니, 실수하다

애니는 스무 살이다. 아기를 가졌다. 진료실로 들어가려는데 그곳에서 나오던 노부인이 문을 잡아준다.

"그러실 필요 없어요."

애니가 말한다.

"괜찮아요."

노부인이 대답한다.

애니는 배를 만진다. 계획에 없던 일이었다. 월트와는 여전히 지하실에서 살고 관계는 습관이 되어가고 있었다. 헤어지는 것 외에 더 수월하게 지낼 방도가 별로 없었다.

그러던 어느 날 유난히 피곤한 듯해서 학교 병원을 찾아갔다. 독감에 걸린 줄 알았다. 병원에서 혈액 검사를 했다. 다음 날 다시 병원에 갔다.

"흠, 독감이 아니네요."

의사가 설명을 시작했다.

애니는 그날 내내 도서관에 들어박혀서 한 손은 배에 올리고 다른 한 손으로는 휴지를 쥐고 앉아 있었다. 임신? 속으로 중얼댔다. 너무 심란해서 움직일 수가 없었다. 도서관 수위가 와서 문 닫을 시간이라고 알렸을 때야 느릿느릿 일어나서 집에 갔다.

월트와 나눈 대화는 만족스럽지 않았다. 월트는 신경질적으로 웃더니 한바탕 욕설을 내뱉었다. 그러고는 쿵쾅대며 30분 동안 계단을 오르내렸다. 결국 월트는 아이 때문에 결혼에 동의했다.

"배가 부르기 전에."

애니가 주장했다.

"그래, 알았어."

월트가 대꾸했다.

다음 달 두 사람은 법원에 가서(20년 전 로레인과 제리처럼) 서류에 서명했다. 2주 후 결혼을 공식화했다.

월트는 아버지에게 알렸다.

애니는 아무에게도 말하지 않았다.

엄마처럼 애니는 의도치 않게 부모가 될 지경이었다. 아빠처럼 애니의 남편도 심드렁했다. 이따금 엄마가 살아 있으면 좋겠다고 생각했다. 어떤 상황이 펼쳐질지 엄마에게 묻고 싶은 때가 있었다. 하지만 대개는 엄마가 이런 꼴을 보지 않아 다행스러웠다. "내가 조심하라고 경고하지 않았니?"라는 엄마의 빤한 힐난을 참을 수가 없었다. 애니는 엄마가 금지한 모든 것의 화신이 되어버렸다. 이제 시아버지네 지하실에 산부인과 의사의 전화번호 메모를 붙여둔 못난 딸이 되었다.

월트는 혼난 강아지처럼 고분고분했다. 밤에 집에 오면 말없이 몇 시간 동안 텔레비전만 봤다. 소파에 축 늘어진 모습이 마치 기다란 쿠션 같아 보였다. 애니는 반응하지 않았다. 뭐라 한들 무슨 소용일까? 남자랑 사는 것은 로맨스가 아니라 인내해야 할 일이라고 믿게 되었다. 결혼은 그 길에 있는 또 다른 환멸에 불과했다.

*

진료실에서 나오자 문을 잡아준 노부인이 애니에게 미소 짓는다.

"몇 개월이에요?"

"7개월이요."

"얼마 안 남았네."

애니가 고개를 끄덕인다.

"자, 행운을 빌어요."

노부인이 말한다.

애니는 걸어가며 생각한다. 아주 오랫동안 행운을 느껴보지 못했다고.

그날 밤 애니는 저녁 식사를 건너뛴다. 안절부절못한다. 플라스틱 책꽂이를 조립하기로 결정한다. 몸을 비틀 때 배에서 찌르르한 통증이 느껴진다. 그녀는 몸을 굽힌다.

애니는 신음한다.

"아, 아냐……. 설마…… 설마…… 월트!"

월트가 애니를 병원으로 데려간다. 응급실 입구에 차를 세운다. 그리고 애니가 정신을 차렸을 때는 이미 들것에 눕혀 복도를 지나가는 중이었다.

자정이 지난 직후 아기가 나온다. 작은 사내아이. 체중이 1.5킬로그램에도 못 미친다. 애니는 몇 시간이 지나도록 아기를 보지 못한다. 아기는 신생아 집중 치료실의 인큐베이터에 있다. 미숙아로 태어나 폐가 제대로 생기지 않았다.

의사가 말한다.

"아기가 호흡하도록 도와줘야 됩니다."

파란 환자복을 입은 애니는 멍하니 인큐베이터를 바라보며 앉아 있다. 이제 정말 엄마가 된 건가? 아기를 만져볼 수도 없는데. 영양분을 공급하고 약을 주입하는 튜브들과 호흡 장치가 발그레한 아기의 뺨에 반창고로 고정되어 있다. 체온을 유지하기기 위해 앙증맞은 파란 모자를 씌워져 있었다. 의료장비가 상황을 감당한다. 애니는 내몰린 기분이다.

낮이 밤이 되고 다시 낮이 될 때까지 애니는 꼼짝 않고 앉아 있다. 그사이 의사들, 간호사들, 의료진이 연신 치료실을 드나든다.

"전화하시고 싶은 사람이 있나요?"

간호사가 묻는다.

"아뇨."

"커피 좀 드실래요?"

"아뇨."

"잠시 쉬고 싶으세요?"

"아뇨."

애니가 하고 싶은 일은, 가장 하고 싶은 일은, 인큐베이터에 손을 넣어 작은 아기를 꺼내 들고 도망치는 것이다. 문득 어머니와 짐을 싸서 종적을 감춘 일이 생각났다.

오전 10시 23분, 모니터에서 삐 소리가 나자 간호사가 들어온다. 다른 간호사가 뒤따라 들어오더니 이어서 의사가 온다. 몇 분 사이에 인큐베이터가 수술실로 옮겨진다. 애니는 대기하라는 말만 듣는다.

아기는 돌아오지 않는다.

태어난 지 사흘 만에 조막만 한 아기가 죽는다. 의사들은 침울한 표정으로 최선을 다했다고 힘주어 말한다.

간호사들이 속삭인다.

"이렇게 힘든 일은 없지요."

애니는 계속 차분한 태도로, 동정하는 사람들과 이제 비어버린 방을 멀뚱멀뚱 응시한다. 월트가 연신 중얼댄다.

"아, 세상에, 믿을 수가 없네."

애니는 창문과 바닥과 철제 개수대를 찬찬히 본다. 뚫어질 듯 생명 없는 사물들을 응시한다. 몇 시간 후 사회복지사가 서류판을 들고 천천히 다가와서 '서류'에 꼭 적어야 할 사항이 있다고 한다. 그 서류는 사망진단서다.

"아기 이름이 뭐였나요?"

사회복지사가 묻는다.

애니는 눈을 깜빡인다. 미처 이름을 정해놓지 않았다. 세상에서 가장 까다로운 질문처럼 느껴진다. 이름. 이름?

무슨 이유인지 엄마 이름 로레인만 생각나고 입에서 비슷한 이름이 나온다.

"로렌스."

애니가 중얼댄다.

"로렌스."

사회복지사가 따라 말한다.

로렌스. 애니는 속으로 중얼댄다. 그 말이 갑작스런 물줄기처럼 자신을 때린다. 아기에게 이름을 지어주자 실제로 존재하는 것 같다. 그러나 실제로 존재하던 아기는 가버리고 없다.

"로렌스?"

애니가 아기를 내놓으라는 듯이 속삭인다.

흐느낌이 터져 나오고 며칠간 말문을 닫는다.

애니가 이야기를 끝마쳤을 때, 그 병원에서 흐느꼈던 것처럼 자신이 울고 있다는 걸 깨달았다. 눈물이 땅에 떨어져 웅덩이가 생기더니 물이 넘쳐흘러 졸졸 강으로 흘러들어갔다. 옥색 강물의 밑바닥이 투명했다. 강둑에 나무들이 나타나더니 색색의 잎사귀가 우산처럼 활짝 펴졌다.

"그 이야기를 내게 하려고 오래 기다려왔구나."

로레인이 말했다.

"아주 오랫동안이요."

애니가 속삭였다.

"알아. 나도 그걸 느꼈거든."

"여기서요?"

"여기서도."

"데니스 삼촌 외에 아무에게도 말한 적 없어요. 심지어 파울로에게도. 말할 수가 없었어요."

로레인은 나무들을 바라보았다.

"비밀. 비밀을 지키면 상황을 통제할 수 있다고 믿지만, 사실 비밀이 우리를 통제하는 거지."

"아기는 숨을 못 쉬었어요. 열기구 사고 후 파울로가 숨을 못 쉰다는 말을 듣자 다시 그 일이 고스란히 되살아났어요. 예전에 하고 싶었던 말을 했어요. '내 폐를 가져가요. 내가 그를 위해 숨 쉴 수 있게 해줘요. 그의 목숨만 구해주세요.'"

애니는 애원하는 표정으로 엄마를 바라봤다.

"엄마, 파울로는 살았나요? 그 말만 해주세요. 제발요. 엄마라면 말해줄 수 있을 거예요, 그렇죠?"

로레인은 딸의 뺨을 어루만졌다.

"내가 알 수 있는 입장이 아니란다."

*

두 사람은 한동안 입을 다물었다. 로레인이 강물에 손을 담갔다.

"왜 네 이름을 애니라고 지었는지 말했었니?"

애니가 고개를 저었다.

"어떤 여자가 나이아가라 폭포를 나무통을 타고 넘었어. 63세였지. 과부였고. 유명세를 얻어 노후 자금을 마련하려고 그랬던 거지. 할머니는 '노인네가 용감하기도 하지'라고 하셨어. 난 네가 그러기를 바랐지. 용감하길."

애니가 얼굴을 찌푸렸다.

"저는 이름값을 못 하고 살았네요."

로레인이 눈썹을 치떴다.

"아니, 그렇지 않아."

"엄마, 이러지 마세요. 용기의 반대가 저인걸요. 저는 도망쳤어요. 지하실에 살았죠. 말도 안 되는 이유로 결혼을 했고 너무 빨리 아기를 가졌는데 그나마 지키지도 못했어요. 저는 오랫동안 쓸모없는 인간이었어요."

엄마가 팔짱을 끼며 말했다.

"그러고 나서는?"

*

그러고 나서 사실 애니는 기반을 닦았다. 월트가 임신 때문에 결혼을 강요당했다고 주장하면서 혼인 무효가 되었다. 월트는 자신의 운동복 바지를 돌려달라고 요구했다.

애니는 데니스 삼촌 집으로 이사했다. 처음 몇 달은 집에 틀어박혀서 한낮에도 침대에 누워 지냈다. 아기를 애도했다. 엄마를 애도했다. 미래를 꿈꾸지 않은 걸 슬퍼했다. 무슨 일이 애니를 방에서 나가게 할 수 있을까? 하나같이 시시하고 하찮은 일밖에 없었다. 가슴이 쪼개져 열렸다.

하지만 쪼개져 열려도, 열리긴 열린 것.

겨울이 지나 봄이 되고 다시 여름으로 접어들었다. 애니는 더 일찍 일어나기 시작했다. 침실 창문으로 삼촌이 병원으로 출근하는 모습을 보았다. 처음 삼촌이 애리조나에 왔을 때가 기억났다. 애니는 중학생이었다. 데니스 삼촌에게 고향인 동부를 떠난 이유를 물었더니, 삼촌이 이렇게 대답했다.

"네 엄마가 내 가족이니까."

그때 애니는 "농담이죠? 그렇죠? 엄마 때문에 이곳에

이사를 와요?"라고 말하고 싶었다. 하지만 이제는 삼촌이 이사를 와서 다행스러웠다. 그러지 않았다면 내가 누구에게 의지했을까?

밤에 삼촌이 환자와 통화하는 걸 들은 적이 있다. 데니스 삼촌은 환자의 질문에 차분히 대답해주었고, 통화가 끝날 때는 이렇게 말했다.

"이게 제가 할 일인걸요."

애니는 삼촌의 말이 자랑스러웠다. 삼촌은 선하고 점잖은 사람이었고, 그래서 존경심도 점점 커졌다. 시간이 지나면서 그녀의 마음에 씨앗이 뿌리를 내렸다. '이게 내가 할 일인걸.'

어느 날 저녁 애니가 부엌에 내려갔을 때, 데니스는 소형 텔레비전에서 풋볼 경기를 보고 있었다.

"무슨 일?"

그가 텔레비전을 끄면서 말했다.

"뭘 좀 여쭤봐도 될까요?"

애니가 물었다.

"그럼."

"간호사 되는 거 어려워요?"

*

로레인은 사후의 파란 강물을 손으로 떠 담고는 손가락

사이로 흐르는 물을 지켜보았다.

"이건 엄마의 천국인가요?"

애니가 물었다.

"아름답지 않니? 난 평생 갈등하며 살아서 평온해지길 원했지. 지상에서는 몰랐던 고요한 맛을 여기서 즐기고 있단다."

"내내 저를 기다렸군요?"

"모녀지간에 시간이 뭐라고? 길어도 길지 않고 충분해도 충분하지 않지."

"엄마?"

"응?"

"우린 많이 다퉜어요."

"알아."

로레인이 애니의 왼손을 잡더니 물속에 집어넣었다. 그러고는 물었다.

"그것만 기억나니?"

애니는 손가락처럼 마음도 둥둥 떠 있는 것 같았다. 수면에서 어린 시절의 사랑 넘치는 장면들이 보였다. 수많은 기억들. 엄마가 자기에게 굿나이트 키스를 하고, 새 장난감을 풀어주고, 생크림을 팬케이크에 척척 바르고, 애니를 첫 자전거에 앉히고, 찢어진 원피스를 꿰매고, 립스틱을 함께 바르고, 버튼을 돌려 애니가 좋아하는 라디오 채널에 맞추고. 꼭 지하 창고가 열려서 좋아하는 그림들을 한번에 보는 것 같았다.

"왜 전에는 이런 감정을 못 느꼈을까요?"

애니가 속삭였다.

"우린 치유하기보다 상처를 안고 있으니까. 다친 날은 정확히 기억해도 상처가 아문 날은 누가 기억하겠니?"

로레인이 이어 말했다.

"네가 그 병원에서 깨어난 순간부터 너와 나는 서로를 대하는 게 달라졌지. 넌 샐쭉했어. 화를 냈지. 사사건건 내게 시비를 걸었어. 넌 내가 정한 규칙들을 싫어했지. 하지만 네가 화를 낸 진짜 이유는 따로 있었어, 그렇지?"

로레인이 손을 뻗어 애니의 손가락을 그러쥐었다.

"마지막 비밀을 깰 수 있겠니? 루비 가든 이후 적대감을 가진 진짜 이유를 말해줄 수 있을까?"

애니는 목이 막혔다. 속삭이는 소리조차 제대로 나오지 않았다.

"날 구해줄 엄마가 거기 없었으니까요."

로레인이 눈을 감았다.

"맞는 말이야. 그런 나를 용서해줄 수 있겠니?"

"엄마."

"응?"

"제 말을 꼭 들으실 필요는 없어요."

"그래, 난 필요 없지. 하지만 넌 필요하지."

로레인이 상냥하게 말했다.

애니는 다시 울기 시작했다. 해방감의 눈물이었다. 오랫동안 꽁꽁 싸맨 비밀들을 터뜨리니 후련했다. 루비 가든 사건 전후로 엄마가 자신을 위해 희생했다는 걸 알게 됐다. 로레인은 결혼생활을 끝내고 가정을 포기했다. 친구들을 포기하고, 살아온 내력과 욕망도 접어둔 채 애니를 최우선으로 삼았다. 애니는 엄마의 초라한 장례식을 떠올리면서 엄마가 딸을 지키려고 얼마나 많은 걸 포기했는지 생각했다.

"네, 그래요. 용서해요, 엄마. 당연히 용서해요. 저는 몰랐어요. 사랑해요."

로레인이 두 손을 모았다.

"흔쾌히?"

"흔쾌히."

로레인이 미소를 지으면서 말했다.

"그게 내가 여기서 가르쳐주려던 거야."

*

그 말과 함께 로레인은 땅에서 떠올라 잠시 애니 위에서 맴돌았다. 그러고는 마지막으로 딸의 뺨을 쓰다듬었다. 마침내 다시 한번 그녀의 얼굴이 하늘에 가득 찼다.

"이제 가야 할 때구나, 아가."

"안 돼요! 엄마!"

"화해해야 한다."

"하지만 우린 화해한걸요!"

"다른 사람이 있단다."

애니가 대답할 새도 없이 강물이 밀려들더니 굵은 빗줄기가 떨어지기 시작했다. 앞이 보이지 않을 만큼 폭우가 쏟아졌고, 애니는 옆으로 떠밀려 느닷없이 어딘가에 엉덩이를 부딪쳤다. 커다란 나무통이었다. 애니는 통 속으로 쏙 들어갔다. 갈색 얼룩으로 가득한 통 안에는 완충용 쿠션들이 있었다. 자신과 이름이 같은 그 사람이 모험을 하면서 썼을 법한 옛날 쿠션이었다.[11] 얼른 자리를 잡고 앉으니 몸 아래서 강물이 출렁거렸다.

통이 휙 앞으로 쏠렸다.

폭풍우와 강물이 바위에 부딪치는 소리가 시시각각 커지면서 섬뜩한 천둥소리로 변했다. 천국에서는 아직 느껴보지 못했던 기분이 밀려왔다. 순전한 두려움. 통이 거대한 폭포 위를 날다가 너무도 깊고 극렬한 소음 속에 빠져버렸다. 마치 신이 울부짖는 것 같았다. 밑에 아무것도 없는데도 불구하고 고꾸라졌다. 무력했고 아무런 통제도 할 수 없었다.

벽에 이리저리 부딪치다가 고개를 들어보니 흰 물줄기

11　1901년, 애니 테일러라는 여성이 나무통 속으로 들어간 뒤 나이아가라 폭포에서 다이빙한 일.

사이로 엄마의 얼굴이 보였다. 로레인이 내려다보면서 한 마디 속삭였다.

"용기."

일요일 2:14 P.M.

톨버트는 경찰관들 사이를 빠져나와 경찰차 옆에서 토를 했다.

방금 본 죽음의 현장은 영원히 마음에 남을 터였다. 탁 트인 파란 들판이 군데군데 까맣게 그을렸다. 가운데에는 형체를 알아볼 수 없게 타버린 탑승 바구니가 있었다. 당당한 열기구는 어디 가고 검은 리본 쪼가리만 여기저기 나뒹굴고 있었다.

노란 리복 티셔츠를 입은 남자가 조깅하다가 사고를 목격했다. 그 남자는 경찰에 이렇게 진술했다.

"열기구가 나무들 사이로 떨어지면서 뭔가에 부딪쳤고 불꽃이 보였어요. 그러곤 한 번 더 바닥에 부딪치더니 불이 다시 치솟더라고요. 한 사람이 떨어졌습니다. 한 명은 튕겨나갔고요. 마지막 사람은 뛰어내렸을 겁니다. 그러더니 전체에 불이 붙었습니다."

조깅하던 사람은 휴대폰으로 동영상을 촬영하고 911에 신고했다. 남자 둘, 여자 하나인 탑승객 세 명 모두 급히 대학병원으로 이송되었다.

충격에 빠진 톨버트는 분노와 씨름했다. 이 손님 둘이 어디서 나타났는지 알 수 없었다. 굉장히 이른 시간이었고, 예약 손님도 없었다.

'테디는 대체 뭘 한 거야? 내가 고작 몇 시간 자리를 비

웠건만.'

톨버트는 몇 차례 손바닥으로 얼굴을 쓰다듬고는 다시 경찰관들에게 갔다.

"조사가 끝났으면 전 병원에 가봐야겠습니다."

"모셔다 드리지요."

한 경관이 말했다.

"좋습니다."

톨버트는 경찰차 뒷좌석 안쪽에 올라탔다. 여전히 일요일 새벽의 비극을 파악하려고 애썼다. 그가 이 사건에서 한 역할은 모른 채로.

다음 영원

나무통이 고요한 물속으로 가라앉았다. 애니는 몸을 뒤척여 통의 입구를 지나 광활한 초록빛 물속으로 나아갔다. 폭포 밑바닥이 아니라 바다 같았다. 양팔을 허우적대면서 고개를 돌리니 머리칼이 촉수처럼 흐느적댔다. 위쪽에서 망원경같이 생긴 둥근 빛이 보였다. 그 빛을 향해 헤엄쳤다.

수면 위로 올라가자 피부가 메말랐다. 물은 온데간데없고 애니는 어느새 넓은 잿빛 바닷가에 서 있었다. 끝이 너덜너덜한 반바지와 연두색 티셔츠 차림이었다. 몸통이 없는 자리를 티셔츠가 가려주었다. 여름의 파란색 하늘이 완벽하게 빛났다. 태양이 아니라 하얀 별빛이었다.

발에는 모래가 닿았고 뺨에는 포근한 바람이 불어왔다. 해안으로 올라가는데 부두가 눈에 들어왔다. 금빛 탑, 첨탑, 돔 지붕, 목제 롤러코스터, 낙하산.

오래된 놀이동산이었고 애니가 놀러 가던 곳과 비슷했다. 엄마가 생각났다. 마침내 두 사람은 화해했다. 가슴에 맺힌 한이 풀렸다. 그런데 엄마는 가버렸다. 너무 불공평했다. 위로가 손에 잡힐 순간에 다들 떠나버리면 천국과 다섯 사람이 무슨 소용일까?

엄마는 "너는 화해해야 해"라고 말했다. 왜? 누구와? 애니는 그저 이 상황이 멈추기를 바랐다. 길고 힘든 하루의 끝처럼 기진맥진하고 지쳤다.

반보쯤 내딛다가 뭔가에 발이 걸려 아래를 보니 비석이 있었다. 바닷물이 빠지자 두 단어가 나타났다.

에디

관리자

걸걸한 목소리가 들려왔다.

"이봐, 꼬마. 내 무덤을 밟지 말아주겠니?"

애니, 실수하다

애니는 스물다섯 살이다. 병원 외래에서 근무한다. 데니스 삼촌이 간호학교 등록금을 보태주었다. 적성에 잘 맞아서 애니 스스로도 놀란다. 늘 과학을 잘했기 때문에 의학 과목이 어렵지 않았지만, 환자들을 차분히 대할 줄 아는 것은 새로 발견한 면모다. 애니는 환자들의 말을 집중해서 들어준다. 손을 토닥여준다. 환자들의 농담에 빙그레 웃고 불평에는 공감을 표한다. 친밀감을 갈구했지만 얻지 못한 어린 시절 때문에 생긴 태도다. 환자들은 간호사인 애니에게 관심과 위로, 조언을 구하지만, 애니 또한 그런 요구를 들어주면서 즐거워하는 자신을 발견한다.

상사인 비어트리스는 새빨간 립스틱을 바르고 겨울에도 민소매 블라우스를 입는 튼실한 남부 여성이다. 유머 감각이 뛰어나고 애니의 일솜씨를 칭찬한다.

비어트리스가 말한다.

"환자들이 애니를 믿거든. 그건 대단한 거라고."

애니는 비어트리스를 좋아한다. 가끔 두 사람은 늦도록 남아 휴게실에서 대화를 나눈다. 그리고 어느 날 밤 억압된 기억이 화제에 오른다. 애니가 억압된 기억이라는 걸 믿느냐고 묻자 비어트리스는 믿는다고 대답한다.

"사람들은 기억하지 못하는 일 때문에 별별 일을 다 하지. 내 친척의 절반은 그래."

비어트리스가 말한다.

애니는 어린 시절의 트라우마를 넌지시 내비치기로 한다.

"제가 여덟 살 때 어떤 일이 일어났어요."

"어머, 그래?"

"사고였어요. 큰 사고요. 그 일로 이렇게 됐고요."

애니가 비어트리스에게 흉터 있는 손을 보여준다.

"아직도 불편해?"

"추울 때 그래요. 그리고 손가락을 움직이지 않으면……."

"그때 일이 아직 불편하느냔 말이야."

"아, 그게 억압된 기억이에요. 무슨 일이 벌어졌는지 몰라요. 제가 그 기억을 막아버렸어요."

비어트리스는 잠시 생각에 잠긴다.

"그 문제를 의논해볼 만한 사람들이 있어."

"그렇긴 한데……."

애니가 입술을 깨문다.

"뭔데?"

"다른 게 있어요."

"뭐가?"

"그때 누가 죽은 것 같아요."

비어트리스의 눈이 휘둥그레진다.

"흠, 심각한 얘기네."

"누군가에게 말하면……."

"뭘 알게 될지 겁나?"

애니가 고개를 끄덕인다.

"애니, 아마 그래서 애초에 머리에서부터 차단됐는지도 몰라."

비어트리스는 애니의 다친 손에 손바닥을 올린다.

"마음의 준비가 되면 기억날 거야."

애니가 억지로 웃는다. 하지만 비밀을 알려고 하지 않는 여자라고 비어트리스가 무시할까 걱정스럽다.

네 번째 만남 _ 어른

"이게 내 진짜 무덤은 아냐."

애니가 몸을 돌려보니 땅딸막한 노인이 양팔을 오리발처럼 가슴에 포개고 모래밭에 서 있었다. 연갈색 유니폼과 리넨 모자 차림이었다. 결혼식에 왔던 사람, 애니가 계속 봤던 노신사였다.

노인이 말했다.

"난 여기서 죽었지. 흠, 저기 공원에서. 비석은 같이 일했던 친구들이 내 생일날 만들어준 거야. 내가 자기들을 '돌머리'라고 불렀다고 저 돌을 내게 준 거지. 정말 웃긴 친구들이야."

노인은 살찐 어깨를 으쓱했다. 백발에 큼직한 귀, 두어 번 부러진 것처럼 휘어진 코, 구레나룻까지 이어진 눈가 주름. 노인이 눈꼬리를 올리고는 다정하게 미소 지었다. 그러곤 아는 사람 부르듯 말했다.

"이봐, 꼬마."
"제 결혼식에 오셨지요? 저한테 손을 흔드셨잖아요."
애니가 속삭였다.
"네가 더 나이 들었기를 바랐는데."
"더 나이 들다뇨?"
"여기 오기에는 너무 젊으니까."
"사고가 있었어요."
애니가 시선을 돌렸다.
"나한테 말해보렴."
노인이 말했다.
"열기구가 불에 휩싸였어요. 남편이랑 제가 거기 탔고요."
"그래서?"
"그이가 다쳤어요. 아주 심하게. 숨을 쉬지 못했어요."
"너는 어땠지?"
"의사들이 제 폐 하나를 뗐어요. 남편을 구하려고. 그런데 이식하던 중에 제가……."
노인이 한쪽 눈썹을 치떴다.
"죽었군?"
애니가 여전히 그 말에 움찔했다.
"네. 그런데 남편이 어떻게 됐는지 모르겠어요. 기억나는 거라곤 수술실에서 누군가 제 어깨를 잡으면서 '잠시 후에 만나'라고 말한 게 다예요. 제가 몇 시간 후에 깨어날 것처럼 말하더라고요. 그런데 그러지 못했죠."

노인이 턱을 문지르면서 대꾸했다.

"내가 맞혀볼까. 넌 천국에서 만난 모든 사람들에게 '그가 살았나요? 내가 그의 목숨을 구했나요?'라고 물었겠지."

"어떻게 아셨어요?"

"나도 처음 여기 왔을 때 다섯 사람을 만났어. 그리고 헤어지기 전에 똑같이 물었거든. 지상에서의 마지막 순간이 기억나지 않았으니까. '어떻게 됐나요? 내가 여자애를 구했나요? 내가 헛된 일에 목숨을 바쳤습니까?'"

"잠깐만요. 여자애요?"

애니가 물었다.

노인이 애니를 응시했다. 애니 역시 노인을 바라보다가 어느새 그 가슴에 달린 명찰에 시선이 머물렀다. 해변에서 보았던 비석과 똑같이 적혀 있었다.

"에디…… 관리자."

애니가 중얼댔다.

"꼬마야."

에디가 말했다.

에디가 통통한 손을 내밀자 애니는 자기도 모르게 그 손을 맞잡았다. 두 손이 만나자 애니는 생전 처음으로 안정감을 맛보았다. 아기 새가 힘찬 날개 밑 피난처로 기어든 것 같았다.

에디가 속삭였다.

"다 괜찮다, 꼬마야. 이제 모든 게 정리될 거야."

*

사경을 헤맸던 사람들 중에 "내 인생 전체가 번쩍번쩍 지나갔다"라고 말하는 사람이 종종 있다. 과학자들은 이 현상에 대해 연구했고, 사람이 큰 충격을 받으면 어떤 뇌피질이 저산소증과 출혈을 겪으면서 기억들을 떠오르게 만든다고 증명했다.

하지만 과학으로는 아는 것만 알 수 있다. 과학으로는 내세를 알 수 없고 눈앞의 빛이 사실은 천국의 장막 뒤를 엿보는 것임을 설명하지 못한다. 천국에서는 내 인생과 나와 관계된 모든 삶이 동일 선상에 있기 때문에, 하나의 기억을 보는 것이 모두의 기억을 보는 것과 같다.

애니가 사고를 당했던 바로 그날, 그 순간 루비 가든의 관리자였던 에디는 찰나의 결정을 내렸다. 프레디 낙하 플랫폼에 뛰어들어 떨어지는 카트 아래 있던 애니를 밀쳐냈다. 그리고 죽기 직전 에디의 눈앞에서 번쩍한 것은 에디가 지상에서 맺은 모든 관계였다.

그리고 애니도 바로 여기 천국에서 에디와 손을 맞대었을 때, 에디의 모든 관계를 보았다.

*

1920년대 초 궁핍한 가운데 태어난 아기 에디를 보았다. 반짝이는 눈을 가진 어머니와 자주 폭력을 행사하는 주정뱅이 아버지를 보았다.

학교에 다닐 무렵의 에디도 보았다. 그는 루비 가든에서 간단한 쇼를 하는 직원들과 캐치볼을 했다. 십 대 시절의 에디가 아버지 옆에서 놀이기구를 수리하는 것도, 지루한 나머지 다른 삶을 꿈꾸는 모습도 보았다. 아버지가 "뭐가 문제야? 네가 얼마나 잘나서 이 일을 못마땅해하는 거야?"라고 윽박지르는 것도 보았다.

에디가 진정한 사랑을 만났던 그날 밤, '스타 더스트 밴드 셸'에서 밴드 반주에 맞춰 춤을 추는 두 사람의 모습도 보았다(노란 원피스를 입은 아가씨의 이름은 마거릿이었다). 그러나 전쟁이 둘의 연애를 방해했고, 결국 에디가 필리핀으로 파병되는 모습도 보았다.

에디가 있던 소대가 생포되어 포로수용소에서 고문당하는 것도, 반란을 일으키고 고문하던 적군을 죽이는 광경도 보았다. 에디가 자신이 붙잡혀 있던 오두막들을 태운 뒤, 탈출하다가 다리에 총상을 입는 장면도 보았다. 그리고 어두운 기억과 부상당한 다리를 끌고 평화로운 시간으로 되돌아오는 것도 보았다.

에디와 마거릿이 결혼해서 살림을 차렸지만 자식이 없는 것을 보았다. 아버지가 죽자 에디가 억지로 루비 가든에서 관리 일을 떠안는 것도, 오랫동안 벗어나려 했건만 아버지처럼 살고 있는 데 좌절한 나머지 주저앉은 것도 보았다. 에디는 자신을 "해놓은 거 없는 하릴없는 인간"이라고 중얼댔다.

사십 대 후반인 마거릿이 뇌종양으로 죽고 에디가 슬픔으로 황폐해지는 것을 보았다. 그가 숨듯이 일에 파묻혀 있다가 어두운 유령의 집이나 워터 슬라이드 밑에서 아무도 못 볼 때 우는 것도 보았다.

에디가 육십, 칠십, 팔십 대까지 꾸준히 꽃을 들고 마거릿의 묘지를 찾는 것을 보았다. 에디는 택시를 타고 집에 돌아오면서 외로움을 덜려고 기사 옆자리에 앉았다.

또 에디가 생애 마지막 날인 83세 생일에 낚싯줄을 확인하고, 롤러코스터를 점검하고, 해변 의자에 앉아 노란 파이프클리너로 토끼를 만드는 것을 보았다. 에디는 그것을 어느 여자애에게 주었다.

애니라는 여자애였다.

"진짜 감사합니다!"

아이가 큰 소리로 말하고 춤추듯 가버렸다.

그러곤 장면이 멈추었다.

에디가 애니의 손을 잡고 말했다.

"저게 네가 지상에서 내게 말한 마지막 말이었지."

"그다음에 어떻게 됐어요?"

애니가 물었다.

에디가 애니의 손을 놓았다. 장면이 사라졌다.

"걷자꾸나."

에디가 말했다.

*

바다가 길을 만들 듯 물이 뒤로 밀려나자 두 사람은 해안을 따라 움직였다. 파란 창공에 별 하나가 그대로 있었다. 에디는 천국으로 가는 여정을 말해주면서, 그곳에서 파란 피부를 가진 서커스 단원, 예전 군 상관, 루비 가든의 실제 루비를 포함한 다섯 사람을 만났다고 했다. 그리고 여정이 끝날 즈음 자신이 인생에 대해 생각하던 모든 게 바뀌었다고 했다.

에디는 그동안 애니가 어떻게 지냈는지 자주 궁금했다면서 그간의 삶에 대해 물었다. 애니는 에디 곁에서 안정감을 느끼며 많은 이야기를 했다. 재미있고 근심 없던 아주 어린 시절부터 사고 후 달라진 삶에 대해서 말했다.

"뭐가 바뀌었지?"

"모두 다요."

애니는 손을 들면서 말을 이었다.

"이것부터 시작해서."

에디는 통통한 손바닥으로 애니의 손목을 감싸 쥐고는 잃어버린 지도를 찾는 것처럼 흉터를 자세히 살폈다.

"그 후 시도한 게 죄다 어긋났어요. 친구를 사귈 수가 없었어요. 엄마랑 전쟁을 벌였죠. 첫 결혼은 끔찍했어요. 저는……."

에디가 힐끗 고개를 들었다.

"저는 아기를 잃었어요. 우울증에 시달렸죠. 행복해지길 포기했는데, 그러다 파울로와 재회했어요. 그가 제게 기회라고 생각했죠. 그가 어떤 사람인지 알았어요. 그를 신뢰했어요. 사랑했죠."

애니는 말을 멈추었다가 덧붙였다.

"그를 사랑해요."

에디가 애니의 손목을 놓더니, 뭔가 생각하는 듯했다.

"되돌아가면 바꾸고 싶니? 손 말이야. 할 수 있다면?"

애니는 에디를 빤히 보았다.

"정말 이상하네요. 어릴 때 파울로도 같은 질문을 했거든요."

"넌 뭐라고 말했는데?"

"지금 하려는 이 말이요. 물론이죠. 겪지 않을 수 있다면 누가 이런 일을 겪고 싶겠어요?"

에디는 천천히 고개를 끄덕였지만 동의하는 것 같지는 않았다.

"부인이 여기 계세요?"

애니가 물었다.

"아내는 네 여정의 일부가 아니야."

"하지만 같이 계시는 거죠? 에디의 천국에서?"

에디가 미소 지었다.

"그녀가 없으면 내 천국이 아니지."

애니도 미소로 답하려 했지만 이 말을 들으니 마음이 더 아팠다. 가장 바라는 것은 파울로의 생존이었다. 이식 수술로 그가 목숨을 구했기를 바랐다. 하지만 그러면 이제 사후에 혼자 있어야 한다는 뜻이었다. 지상에서 자신 없이도 파울로는 잘 지낼까? 다른 여자를 만날까? 파울로가 죽으면 자신이 포함되지 않는 천국을 선택하는 건 아닐까?

"왜 그러니? 별로 기쁘지 않은 모양이구나."

에디가 말했다.

"그냥…… 제가 모든 걸 망쳤어요. 좋은 일들까지 모두. 결혼식 밤까지도요. 고속도로에서 어떤 남자를 돕자고 한 것도 저였어요. 제가 열기구를 타러 가자고 채근했고요."

애니는 아래를 내려다보았다.

"저는 실수를 정말 많이 해요."

에디는 위에서 반짝이고 있는 별을 쳐다보았다. 그러곤 이내 실눈을 뜨고 애니를 바라봤다.

"나도 같은 생각을 하곤 했지."

에디가 말했다.

갑자기 낮이 밤으로 변했다. 공기가 덥고 끈끈했다. 풍경이 황량해졌다. 두 사람 가까이에 있던 을씨년스런 언덕들 위로 작은 불꽃이 일어났다. 애니는 주변 바닥이 두꺼

워지는 것을 느꼈다.

"무슨 일이 벌어지는 거죠?"

애니가 물었다.

"우린 아직 끝나지 않았단다."

에디가 대답했다.

애니, 실수하다

애니는 스물여덟 살이다. 아기가 죽은 지 8년, 오늘은 기일이다. 병원 근무를 오후로 바꾸고 아침 러시아워를 피해 운전해서 묘지로 간다.

안개가 끼고 습하다. 묘지로 가는 발걸음이 무겁다. 애니는 묘역에 도착하자 아무것도 건드리지 않으려는 것처럼 풀을 사뿐히 밟는다. 그리고 그곳에 새겨진 로렌스라는 이름, 그 아이와 지상에서 보낸 짧은 기간을 보며 중얼거린다.

2월 4일 - 2월 7일

숫자 사이의 대시가 더 정확한 잣대 같다.

"더 제대로 기도하는 법을 알면 좋을 텐데. 너를 위해 꼭 빌어야 할 말을 알면 좋겠어."

애니가 속삭인다.

난 엄마가 아니었다고 수천수만 번째 되뇐다. 기저귀 한 번 갈아주지 않았고 우유 한 번 먹이지 않았고 아이 한 번 품에 안고 재우지 않았다고. 상실한 모성을 슬퍼하지만 어차피 엄마 노릇을 해볼 기회조차 없었다. 꼭 바보가 된 기분이었다.

병원으로 돌아가는 길이 막힌다. 묘지에 다녀오니 불안

한 마음이 든다. 오늘은 종일 근무라는 사실을 떠올리고는, 가방에서 평소 밤에 복용하던 진정제를 꺼낸다. 별일 없이 잘 견디고 싶다. 게다가 이런 날 진정하지 않으면 어떤 날 진정해야 한단 말인가?

병동에 도착하니 동료 간호사가 말한다.

"어떤 상황인지 알아? 테리가 병가를 냈어."

"대체 근무자는 없어요?"

"없어. 자기랑 나 둘뿐이야."

그 후 여섯 시간 동안 정신없이 여러 병실을 다니느라 한 번도 엉덩이를 붙이지 못한다. 호출 등은 계속 켜지고 두 간호사는 이리 뛰고 저리 뛰며 환자들의 요구를 들어준다. 애니는 각 환자명이 적힌 약봉지를 챙겨서 꼼꼼하게 나눠준다.

209 K/L실에 들어가니 오른쪽 병상의 마르고 연로한 환자가 영양분을 공급받는 튜브를 꽂은 채 잠들어 있다. 애니는 주사기로 투약할 준비를 한다. 약봉지에서 알약을 꺼내고 약 분쇄기를 챙긴다.

"간호사, 여기 좀 도와주시오!"

옆 병상 환자가 소리친다. 대머리에 거구, 이불을 덮어도 불룩하게 나와 있는 배. 그 환자가 다시 외친다.

"이 베개가 영 불편해서 못 참겠다니까!"

"금방 갈게요."

애니가 말한다.

"이 베개를 베고는 못 자겠다고!"

"잠시만요."

"다른 베개를 갖다줄 수 있소?"

애니는 계속 알약을 빻고, 가루가 된 약을 녹일 증류수를 꺼낸다.

"난 자야 되는데."

옆 환자가 구시렁댄다.

애니는 한숨을 내쉰다. 다른 간호사가 오길 바라면서 버튼을 누르지만 오후 내내 호출 등이 들어와 있는 걸 안다.

"얼른!"

체구가 큰 환자가 말한다.

"곧 갈게요."

"빌어먹을! 그 사람은 기다려도 되잖아! 기절 상태인데!"

애니는 환자의 호통에 진저리가 났지만 진정제를 먹어서인지 나른했다. 두통을 없애려는 것처럼 이마를 문지르고 눈썹을 당겨본다. 그러다가 증류수에 가루약을 넣어 주사기로 빨아들인다.

"목이 뻣뻣해 죽겠다고."

사내가 신음한다.

애니는 주사기를 튜브 주입기에 밀착시킨다. 끝을 단단히 고정하고 약을 환자의 몸속으로 흘려보내려고 조절기를 잡는다.

"이리 오라고, 간호사!"

애니는 '하필 이런 날'이라고 속으로 중얼대며 사내를 피하기 위해 약봉지의 라벨을 쳐다본다. 눈을 깜빡인다. 뭔가 이상하다. 약봉지의 날짜. 오늘 날짜가 아니다. '하필? 이런 날.' 오늘은 2월 7일, 애니의 삶에서 가장 최악의 날이다. 그런데 라벨에 적힌 날짜는 2월 3일이다. 조절기를 여는데 머릿속에서 여러 생각이 연달아 지나간다. 나흘. 나흘 사이에 뭐가 달라질 수 있을까? 라벨에 적힌 문구를 본다. 서방정, 약을 가루로 내면 안 되고 알약으로 삼켜야 된다는 뜻이다. 하지만 이 환자는 이제 약을 삼킬 수가 없다. 이 처방이 나왔을 때는 삼킬 수가…….

애니가 주입기에서 주사기를 홱 뗀다.

"이런 망할! 간호사, 이 베개가……."

"입 다물어요! 입 좀 다물라고요!"

애니는 자신이 뭐라고 했는지도 모르고 방금 저지를 뻔했던 일에 온 신경을 쏟는다. 만약 지속적으로 방출되는 마약성 진통제를 튜브에 주입했다면, 열두 시간 동안 흡수되어야 하는 약물이 전량 단번에 흡수되었을 터였다. 하마터면 잠든 환자에게 심각한 해를 입힐 수도 있었다. 사람을 죽였을지도 모르는 일이었다.

"환자한테 입 다물라고 소리쳐? 당신, 신고할 거야! 내 단단히 혼쭐……."

뚱보 사내가 악을 쓴다.

애니는 그 말을 듣지 못한다. 자신의 숨소리만 들릴 뿐이다. 심장이 늑골 사이로 터져 나올 것만 같다. 복도를 뛰어 내려가 움켜쥔 주사기와 약봉지를 쓰레기통에 버린다. 범행에 쓴 무기를 숨기려는 범인이 된 것 같다.

병원 측이 요구하지 않는데도 애니는 2주간 휴가를 낸다. 그리고 다시 업무에 복귀하면서 환자들에게 더 집중하겠다고 다짐한다. 한눈팔지 않고. 개인사에 휘둘리지 않고. 애니 스스로에게 말한다. 한 가지만 똑바로 해, 애니. 한 가지만 제대로.

네 번째 교훈

에디와 애니가 밟은 땅이 축축한 진흙탕으로 변해 있었다. 언덕에는 기름통이 가득했고 사방에서 대나무로 만든 오두막들이 활활 불타올랐다.

"여기가 뭐 하는 곳이에요?"

"전쟁이 났어."

"언제요? 어딘데요?"

에디가 한숨을 쉬었다.

"전쟁이 뭐 그렇지."

에디는 철벅철벅 앞으로 나가더니 다시 말했다.

"2차 세계대전이 벌어졌어. 여기는 필리핀이고."

"포로로 잡히셨지요."

"맞아."

"탈출하셨고."

"결국 그랬지."

"제 손을 잡으셨을 때 이 장면을 봤어요. 이 오두막들을 태우셨죠."

"맞아. 내가 그랬지."

에디가 대답했다.

에디는 질척대는 바닥을 터벅터벅 걸어서 화염방사기 파편을 찾아냈다. 가솔린 탱크 배낭에 긴 호스가 연결된 원시적인 형태였다.

"포로가 되자 두려웠지. 제정신이 아니었어. 포로에서 풀려나면서 감정을 발산했지. 우리 모두 그랬어. 우린 공격했어. 파괴했지. 이곳을 숯 더미가 되게 태워버렸어. 정당하다고, 그래, 용감하다고까지 생각했던 것 같아. 하지만 난 나도 몰랐던 그 무시무시한 짓을 저질렀지."

에디가 오두막 한 채를 가리켰고, 거기에서 애니는 불길 사이를 뛰어가는 그림자 하나를 보았다.

"잠깐만요……. 방금 그게 사람이었어요?"

에디는 차마 그 모습을 보지 못하고 고개를 떨구었다. 그때 불길 속에서 여자아이가 느릿느릿 나타났다. 진갈색 얼굴, 검붉은 머리칼. 그 아이의 몸이 불타고 있었다. 곧이어 그 아이가 심하게 탄 모습으로 에디 옆에 섰고, 그때서야 불길이 칙칙대며 꺼졌다. 여자애가 에디의 손을 잡았다.

에디가 작게 말했다.

"이 아이는 탈라야. 내가 오두막에 불을 냈을 때 그 안에 숨어 있었지."

에디는 애니를 뚫어지게 쳐다보았다.

에디가 말했다.

"탈라는 천국에 있지. 나 때문이야."

애니가 뒤로 물러섰다. 이 노인을 잘못 알고 있었다는 생각에 공포가 솟구쳤다. 에디에게서 풍겨지는 안정감은 계략이었을까.

에디가 말했다.

"실수들. 그게 내가 여기서 가르쳐주려는 거야. 넌 계속 실수를 저지른다고 느꼈지? 어쩌면 방금도 실수했다고 느꼈을걸?"

애니는 시선을 돌렸다.

에디가 계속 말했다.

"나도 똑같은 생각을 했지. 내 한평생이 실수투성이라고 느꼈어. 이런저런 나쁜 일을 당하다보니 결국엔 시도조차 못하게 되어버렸지."

에디가 어깨를 으쓱했다. 그리고 말을 이었다.

"난 최악의 실수를 저지른 걸 알지도 못했어."

에디가 여자아이에게 몸을 돌리더니 그 아이의 얼룩덜룩한 머리칼을 쓰다듬었다.

"탈라는 그 오두막에 숨어 있었어. 난 죽고 나서야 그걸 알았지. 탈라가 날 천국에서 맞이하며 내가 자기를 태워 죽였다고 말해줬어."

에디가 입술을 깨물었다.

"그 망할 사실을 알고 또 한 번 죽을 뻔했지."

"왜 저한테 이런 말을 하시죠?"

애니가 물었다.

에디가 애니에게 탈라를 보냈다. 그러자 둘은 탈라의 화상 입은 피부에 잡힌 수포가 보일 정도로 가까워졌다.

"넌 평생 뭔가에 사로잡혀 살았지, 맞지? 기억도 못 하는 일이 너 자신을 괴롭게 하지?"

"그걸 어떻게 아세요?"

애니가 부드럽게 물었다.

"나 역시 한평생 그랬으니까. 내가 허깨비처럼 느껴졌지. 루비 가든에 발목 잡혔는데, 그곳은 내가 있을 곳이 아닌 것 같았어. 놀이기구나 고치면서? 그따위 한심한 일을 하고 싶은 사람이 어디 있다고? 나는 그 일을 덜컥 받은 게 실수였다고 생각했지."

에디가 말을 이어갔다.

"그러다 죽었어. 그리고 탈라가 내가 거기 있었던 이유를 설명해주었지. 아이들을 보호하기 위해서였다고. 그건 내가 탈라에게 해주지 못한 일이었어. 이 아이는 내가 있어야 될 곳에 있었다고 말해줬어."

에디는 탈라의 어깨에 한 손을 올리며 다시 말했다.

"그러고 나서 한 가지 더 이야기했고, 덕분에 난 고통을 영원히 덜어냈지. 멋들어지게 말하자면 구원받았지."

"아이가 뭐라고 했는데요?"

에디가 싱긋 웃었다.

"내가 너를 구하고 죽었다고."

*

애니는 떨기 시작했다. 그러자 에디가 애니의 양손을 꼭 잡아주었다.

"자, 어서. 이제 넌 볼 수 있어."

"못 해요."

"아니, 할 수 있어."

"기억이 안 나요."

"넌 기억하고 있어."

애니가 나직이 신음했다.

"그러고 싶지 않아요."

"알아. 하지만 때가 되었어."

하늘이 성난 듯 빨간색으로 변했고, 애니는 누군가에게 머리채를 잡힌 것처럼 고개가 젖혀지는 것을 느꼈다. 그리고 어느새 죽음이 임박했던 바로 그날의 현장, 루비 가든을 올려다보고 있었다. 프레디 낙하의 꼭대기에 갸우뚱하게 걸린 큰 카트, 정신없이 안전구역으로 이동하거나 카트를 손짓하는 사람들이 보였다. 그리고 사람들과 반대 방향으로 뛰더니 몸을 동그랗게 말고 플랫폼으로 기어들어가는 자신의 모습도 보였다. 어린 애니는 벌벌 떨며 "어…… 어…… 어……"라고 중얼거리고 있었다.

에디가 일그러진 표정으로 달려와 폭탄처럼 떨어지는 거대한 검은 카트 아래로 뛰어들었다. 그러고는 커다란 손으로 어린 애니의 가슴을 밀어 자빠트렸다. 애니는 엉덩이, 다리, 발꿈치 순서로 땅에 닿으며 플랫폼 아래로 떨어졌다. 반면 에디는 플랫폼에 희생제물처럼 엎어져 있었다.

구둣발이 벌레를 밟듯 카트가 에디를 짓뭉개버렸다.

그때 더 작은 뭔가가 눈 깜빡할 새도 없이 빠른 속도로 애니에게 날아들더니 팔목을 잘랐다. 애니는 죽어라 비명을 지르면서 눈을 감았고 모든 게 사라져버렸다. 마치 폭탄이 터져서 애니와 에디, 그날과 인생 자체를 날려버린 것 같았다.

*

애니는 꿈에서 깬 것처럼 신음했다.

"세상에, 이럴 수가. 저렇게 된 일이었군요. 아저씨가 제 목숨을 구하셨어요. 저 파편에 제 손이 잘렸고 의식을 잃었던 거예요."

"이제 상황이 말끔히 정리되는구나."

에디가 말했다.

애니는 입을 헤벌리고 이리저리 쳐다보았다. 그러곤 머릿속으로 그 일을 되새겼다.

"하지만……."

애니는 에디의 손을 놓으며 말을 이어갔다. 애니의 목소리가 가라앉아 있었다.

"그런데 제가 아저씨를 죽였어요."

"카트가 날 죽였지."

"제 잘못이었어요."

"케이블의 잘못이지."

"저는 사건을 의식에서 몰아냈어요."

"넌 준비가 안 됐었지."

"뭐에 대한 준비요?"

"진실."

"아저씨가 죽은 것 말인가요?"

"그보다 더한 진실이 있단다."

에디가 걸음을 옮기자 안전화가 물컹한 바닥에 닿아 철벅 소리가 났다.

"지상에서 우리는 무슨 일이 벌어졌는지만 알지. 그 일이 왜 벌어졌는지 알려면 시간이 더 걸리는 법이야."

"아뇨, 이유는 없었어요! 저는 그냥 있지 말아야 될 곳에 있었던 거예요. 그런데 사람들이 그걸 쉬쉬했죠. 아무도 말해주지 않았어요. 저는 기억하지 못했고 엄마는 비밀에 부쳤어요."

애니가 열을 내며 말했다.

"어머니는 널 보호했던 거야."

"무엇으로부터요?"

"지금 네가 이러는 것으로부터……. 자책하는 것 말이다."

"소문을 들었어요. 고등학교 다닐 때."

"그래서?"

애니는 머뭇거렸다.

"저는 그런 일이 없었던 척했어요. 다른 학교로 옮겼죠. 솔직히 말해……."

애니가 자신의 양팔을 끌어안았다.

"기억나지 않는 게 다행스러웠어요."

애니는 에디를 쳐다보지 못하고 소곤대듯 덧붙여 말했다.

"아저씨는 전부 희생했어요. 그런데 저는 진실을 대면하는 것조차 하지 못했네요."

애니가 진흙 바닥에 무릎을 꿇고 주저앉았다.

"정말 죄송해요. 제가 다른 쪽으로 달아났더라면, 그러면 저를 구할 필요도 없으셨을 거예요."

"아직도 모르겠니. 난 널 구해야 했어. 덕분에 내가 생명을 빼앗은 게 만회되었지."

에디는 그렇게 말하고 다시 덧붙였다.

"그렇게 구원이 일어나는 거란다. 우리가 저지른 잘못은 바른 일을 할 문을 열어주지."

*

탈라가 에디의 손을 잡고는 자신의 얼굴과 팔을 문질렀다. 얼룩덜룩한 딱지가 떨어지고 그슬린 살갗이 벗겨졌다. 이제 얼굴빛이 온전해졌다. 아이는 다섯 손가락으로 에디의 배를 눌렀다.

"탈라는 내 다섯 번째 사람이었어. 넌 내 다음 사람이고."

"아저씨의 다음 사람이요?"

애니가 물었다.

"다섯 사람을 만나고 나면, 네가 다른 사람의 다섯 중 한 명이 되는 거야. 그런 식으로 천국은 모두 연결되지."

애니는 아래를 내려다보았다.

"세 번째 사람은 제가 아저씨랑 화해해야 한다고 말했어요."

"그게 누구였는데?"

"엄마요."

"흠, 화해해야 하는 건 맞아. 하지만 그 사람이 나를 말한 건 아니야. 네가 네 자신과 화해해야만 평온해질 거야. 난 그걸 어렵사리 배웠지."

에디가 탈라를 힐끗 쳐다보았다.

"사실 나는 오랫동안 내가 보잘것없는 사람이라서 아무 일도 안 했다고 생각했어. 너 역시 오랫동안 자신을 실수투성이라고 생각했지."

그리고 숨을 내쉬곤 덧붙여 말했다.

"우리 둘 다 틀렸어."

에디가 몸을 숙이더니 애니를 일으켜 세웠다.

"이봐, 친구?"

애니가 고개를 들었다.

"보잘것없는 사람 같은 건 없어. 실수 같은 건 없다고."

*

물받이에 물이 흘러내리듯 풍경이 녹아내렸다. 전쟁의 어둠이 흐려졌다. 필리핀어로 '별'이라는 뜻인 탈라는 창공으로 떠올라 눈부시게 파란 하늘의 빛이 되었다.

애니도 잠시 떠오르다가 사뿐히 내려와 철제 테두리로 둘러싸인 대관람차에 들어가 앉았다. 대관람차는 루비 가든의 전경이 보이는 높은 곳에서 회전했다. 애니는 색색의 천막과 놀이기구가 있는 놀이공원을 내려다보았다. 아래로 내려갈수록 땅에서 작은 빛들이 불꽃을 튀기기 시작했다. 빛은 급속도로 많아졌고, 마침내 그 빛들이 아이들의 눈이라는 것이 드러났다. 수천 명쯤 되는 아이들이 후룸라이드를 타고 내려오거나 찻잔을 타고 빙글빙글 돌고, 목마를 타고 오르내리면서 웃고 장난쳤다.

아이들 속에서 에디가 큰 소리로 말했다.

"난 평생 여기서 일했지. 놀이기구의 안전을 관리하는 것은 아이들의 안전을 관리한다는 의미였어. 아이들이 안전했기 때문에 자라서 자식을 낳았지. 그들의 자녀가 자식을 낳고, 그 자녀들이 또 자식을 낳겠지."

에디는 인산인해를 이루고 있는 어린아이들의 얼굴들을 가리키며 덧붙여 말했다.

"내 천국은 그 아이들을 다 보게 해주지."

애니가 탄 카트가 플랫폼으로 내려갔다.

"무슨 말인지 알아듣겠어?"

"확실히 모르겠어요."

애니가 대꾸했다.

에디가 고개를 돌렸다.

"내가 너를 구했기 때문에 넌 손을 다치고 힘든 시절을 보냈지만 성장했지. 그래서……."

애니는 순간 얼어붙었다. 에디가 갓난아기를 안고 있었다. 파란 모자를 쓴 남자아기였다.

"로렌스?"

애니가 속삭였다.

에디가 벌벌 떠는 애니의 품에 아들을 안겨주었다. 곧 애니는 몸이 완전해져서 다시 온전한 사람이 되었다. 아기를 품에 안으니 엄마인 애니의 가슴에 순수한 감정이 차올랐다. 애니는 미소 지으면서도 계속 흐느껴 울었다.

애니가 우는 소리로 중얼댔다.

"내 아기, 아, 내 아기, 내 아기……."

애니가 아기의 발가락을 흔들고 작은 손가락을 간지럽혔다. 애니의 눈물이 아기의 작은 이마에 떨어지자, 아기는 조심스레 여기저기 바라보면서 눈물을 손으로 닦았다. 애니가 아기를 알듯 아기도 애니를 아는 게 분명했다. 아기는 존재했다. 여기 천국에서 안전했다. 애니는 살아서 느끼지 못한 평온에 잠겼다.

"고마워요."

애니가 속삭였다. 그러자 에디가 말했다.

"잘 지내거라."

애니는 대답할 새도 없이 하늘로 떠올라 에디에게서도, 놀이공원에서도 멀어졌고, 유일하게 빛나는 탈라의 별을 지나 우주의 까맣고 죽은 것 같은 진공상태로 들어갔다. 애니는 문득 아래를 보고 양팔이 비어 있다는 사실에 애절하게 통곡했다. 아기를 갖고 잃었을 때의 그 감정, 충만함과 공허함이 동시에 온전히 느껴졌다.

일요일 3:07 P.M.

톨버트가 탄 경찰차가 병원에 다 와가자, 톨버트는 창 밖으로 길쭉한 구름떼를 내다보며 말없이 기도했다. 톨버트는 지금이 사실을 외면할 수 있는 마지막 순간임을 알았다. 일단 병원에 들어가면 눈에 들어오는 광경을 부인하지 못할 터였다.

차가 멈추었다. 그는 심호흡을 크게 하고 차에서 내려 경관과 나란히 걸었다. 아스팔트에 닿는 두 사람의 발소리가 들렸다.

두 사람은 응급실 입구로 들어갔다. 안내 데스크에 가까이 갔을 때 톨버트는 열린 커튼 사이로 조수 테디를 보았다. 테디는 들것의 가장자리에 걸터앉아 머리를 숙인 채 양손으로 귀를 막고 있었다.

순간적으로 톨버트는 안도했다.

'테디가 살아 있어. 하느님 감사합니다.'

하지만 곧이어 분노가 치밀었다. 톨버트는 쿵쾅대며 커튼 사이로 들어갔다.

"저기, 이봐요……."

경관이 불렀지만 톨버트는 테디의 어깨를 잡고 윽박질렀다.

"이게 무슨 일이야, 테디? 대체 무슨 일이냐고?"

테디가 바들바들 떨며 중얼댔다.

"바람이, 전깃줄이, 피하려고 했는데……."

"기상을 확인했어?"

"저는……."

"기상을 확인했냐고?"

"날씨가……."

"왜 올라간 거야? 이 사람들 누구야? 빌어먹을! 테디?"

경관이 톨버트를 끌어내며 말했다.

"자, 자, 진정하세요."

테디는 숨을 몰아쉬면서 셔츠 주머니에서 명함을 꺼냈다.

"그 사람들이 사장님을 안다고 했어요."

톨버트는 얼어붙었다. 비 맞은 것처럼 너덜너덜해진 명함 뒷면에 톨버트의 이름이 적혀 있었다.

'리무진. 신혼부부.'

"실례합니다, 열기구 주인이신가요?"

톨버트가 몸을 돌렸다. 다른 경관이 앞에 있었다.

"진술서를 받아야겠습니다."

톨버트는 침을 삼켰다.

"어째서요?"

경관이 노트를 펼치더니 대답했다.

"사망자가 있습니다."

마지막 영원

애니는 차고 단단한 표면에 쓰러졌다. 마치 영혼이 반으로 쪼개진 것 같았다. 아기를 안고 있었다. 평온을 느꼈었다. 행복한 그 순간 영원한 안식을 얻은 줄 알았다. 루비 가든의 별이 밝히는 빛 속에서 영원히 살고 싶었다. 아들 로렌스와 에디 노인, 에디가 살린 다른 아이들과 함께. 그게 애니의 천국일 터였다.

그런데 이제 그 천국에서 벗어났고 돌아가지 못할 게 확실했다. 처참했다. 마음이 텅 비었다. 눈을 뜨려는 의지조차 부족했다. 간신히 눈을 뜨자 창공에서 아무 색깔도 흘러가지 않았다. 허공이 불투명한 것처럼 검은색이 드리워져 있었다.

'계속 갈 필요가 뭐 있어?'

애니는 다시 쓰러졌다. 천국에서 만난 사람들이 애니의 인생을 보여주었고 뇌가 단단히 지켰던 가장 은밀한 비밀들도 드러났다.

이제 자신에게 일어난 모든 일을 알았다. 왜 그 사람들이 관여되었는지도 알았다. 하지만 어떻게 이 모든 게 맞아떨어지는지, 가장 고통스러운 대목인 자신의 삶이 어떻게 끝났는지는 아직 몰랐다. 애니는 '이게 다일까?'라고 생각했다. 자신의 존재는 이게 전부일까? 끈 떨어진 꼴로 끝나버린 거야?

어렸을 때는 사람이 죽으면 하느님 품에 안겨 편안하고 평화로워진다고 배웠다. 아마도 소임을 다한 사람들이 누리는 사후는 그럴 테지. 지상에서 이야기를 마무리 짓지 않았는데 어떻게 천국이 대신 해줄 수 있겠어?

애니는 양손으로 온몸을 만져보며 얼굴을 찡그렸다. 두통과 함께 어깨가 쑤셨고 하반신이 뻐뻐했다. 열기구에서 떨이진 후유증인가 싶었다. 그래서 허벅지 쪽으로 손을 뻗었는데 부드럽고 매끈한 옷감의 감촉이 익숙하게 느껴졌다. 더 아래로 손을 내렸다. 폭이 넓은 프릴이 있었다.

굳이 보지 않아도 자신이 웨딩드레스를 입고 있다는 걸 알았다.

*

내면의 목소리가 말했다.

'일어나. 이걸 마무리 지어.'

어둠 속에서 기운 없고 멍한 상태로 일어났다. 애니는 맨발이었다. 몸에는 드레스를 걸치고 있었다. 내려다보니 투명한 표면 사이로 점 같은 빛들이 보였다. 별들이었다. 처음에는 몇 개, 그러다가 수천 개가 나타나 발아래 은하계가 펼쳐진 듯했다.

애니는 한 걸음 내디뎠다.

바닥이 굴러갔다.

애니가 멈추었다.

바닥도 멈추었다.

다시 한 걸음 옮기니 바닥도 같이 굴러갔다. 애니는 지구본 같은 것의 꼭대기를 걷고 있었다. 안에 우주 전체가 담긴 거대한 유리 지구본이었다. 다른 때라면 관심을 가졌을 터였다. 하지만 지금은 진이 빠질 대로 빠져서 멍했다. 평온함 없이, 명확함 없이, 에디를 깨우친 구원 따윈 없이 터벅터벅 나아갔다.

이게 영원한 운명이라고 짐작한 순간 여기저기 흩어진 물건들을 지나기 시작했다. 옆으로 쓰러진 베이지색 플라스틱 의자, 뒤집어진 악보대, 철제 기둥 두 개 사이에서 잘린 흰 리본. 애니는 새로운 감정에 휩싸였다. 적나라하고 불안정한 감정, 다른 사람의 천국이 아니라 지상에 남은 자신의 인생이라는 느낌.

앞쪽에 차양이 보였다. 차양 아래는 남녀 몇 명이 등 돌린 채 서 있었다. 수트와 신부들러리 드레스 차림이었다.

"계세요?"

애니가 외쳤다.

적막.

"내 목소리가 들리나요?"

무응답.

"제발 누군가 말해주세요. 여기가 어딘가요. 저를 아는 분이 계신가요?"

애니가 더 가까이 다가가 말했다.

그러자 사람들이 흩어져 작은 점이 되고 턱시도 차림의 한 남자가 나타나 고개를 들었다.

"내가 알지."

파울로가 말했다.

다섯 번째 만남 _ 이별

사랑은 전혀 예기치 못한 순간에 온다. 사랑은 가장 필요한 순간에 온다. 사랑은 받아들일 준비가 되거나 더 거부하지 못할 때 온다. 이것들이 사랑에 대한 다양한 진실이다. 하지만 애니의 경우 10년 가까이 오래도록 아무 기대도 없었고 아무것도 받지 않았던 게 사랑의 진실이었다.

애니는 엄마와 아들을 잃은 후 모두 절연하다시피 하고 간호사 업무에만 파묻혀 지냈다. 매일 똑같이 파란색 수술복과 회색 운동화 차림으로, 차를 몰고 같은 도로를 지나 시내로 갔다. 그리고 늘 가는 카페에서 똑같은 차를 시켰다.

하루하루 자신이 담당한 환자들을 보살폈다.

차트를 정리하며 환자들의 주치의를 알아두었다. 아픈 기억 때문에 소아과 근무는 피했다. 하지만 노인들과는 아주 잘 지냈다. 노인 환자들에게 먼저 말을 붙이고 즐겁게 이야기를 나누었다. 애니는 연로한 환자의 말을 들어주는 게 환자들뿐 아니라 자신에게도 약이 되는 걸 알았다. 그것은 공을 들여야 하는 일이었지만, 애니를 힘들게 하지는 않았다. 애니는 이제 상처받지 않으려는 목표를 갖고 살아갔다.

시간 외 근무를 했다. 밤낮없이 일에 매달렸다. 사교생활은 물론 데이트도 하지 않았다. 노란 곱슬머리를 검은 고무줄로 질끈 묶고 마음의 불을 꺼버렸다.

그러다 어느 날 아침 식은 홍차를 들고 병원으로 걸어가다 힐끗 위를 보았다. 그 순간 모든 게 뒤집혔다. 플랫폼에 파울로가 있었다. 빛바랜 청바지를 입은 어른 파울로가 널빤지를 망치질하고 있었다. 애니의 영혼 밑바닥에서 지렛대가 작동했고 피가 콸콸 소용돌이 치면서 신경종말이 따끔거렸다.

애니는 생각했다.

'날 쳐다보지 마. 네가 보지 않으면 난 아직 도망갈 기회가 있어……'

"이봐요, 아는 사람 같네요. 너 애니구나!"

파울로가 빙그레 웃으면서 말했다.

애니는 슬그머니 왼손을 뒤로 숨겼다.

"나야, 맞아."

"같은 학교에 다녔지."

"같은 학교에 다녔지."

"난 파울로야."

"기억나."

"같은 학교에 다녔지."

"같은 학교에 다녔지."

"와아, 애니."

애니는 얼굴이 달아오르는 걸 느꼈다. 왜 이제 와서 고교 동창이 이렇듯 마음을 흔드는 건지 알 수 없었다. 하지만 파울로가 "와아, 애니"라고 말했을 때 애니도 같은 생각을 하지 않을 수 없었다.

"와아, 애니. 이게 무슨 일이야?"

당시 애니는 몰랐지만 사랑에 대한 다른 진실을 배우고 있었다. 사랑은 올 때 온다는 것.

아주 간단했다.

*

둘의 로맨스는 연애보다는 동창의 재회에 가까웠다. 그 날 밤 둘은 저녁 식사를 했고 그 주 내내 밤마다 만났다. 늦게까지 오래 웃고 떠들었다. 청소년기를 같이한 덕분에 초기의 어색함은 전혀 없었다.

파울로는 여러 가지 이야기를 했고 한 가지 얘기를 마치면 애니가 턱을 괴고 "그래서 어떻게 됐는데?"라고 묻곤 했다. 파울로 가족은 이탈리아로 이주한 후 마을 사람들,

말 사육사들, 순회하는 축구팀과 다양한 경험을 했다. 산 속에서 1년을 보내면서 위험한 일을 당하기도 했다. 애니는 이런 이야기들이 자신만을 위해 아껴둔 사연인 것처럼 느껴졌다.

"너는 어땠어? 엄마는 잘 계셔?"

파울로가 물었다.

"돌아가셨어."

"속상해라."

"그래."

"난 너네 엄마가 좋았어, 애니."

"엄마가 널 쫓아냈는데도?"

"응, 사납게 구셨지. 널 보호하고 싶으셨던 거야. 난 그런 이유 때문에 그분이 좋았거든."

파울로는 어깨를 으쓱했다.

처음 만났던 그날 밤 두 사람은 옛 친구들답게 짧게 포옹하면서 서로의 등을 토닥였다. 하지만 며칠 후 스파게티를 먹은 날 밤에는 파울로의 차 앞에서 부드럽게 키스했다. 애니는 생전 처음 키스하는 것처럼 뒤로 물러났다. 그러곤 파울로가 학교를 떠났던 그날 이후로 계속 간직했던 키스라고 하면서 "네 사물함 앞에서의 그 사고는 키스로 치지 않을래" 하고 말했다. 파울로는 그날 있었던 일을 못마땅해하며, 그 아이들과 자신의 처신이 형편없었다고 말했다.

"그 여자애가 나빴지."

애니가 말했다.

"하지만 네 그림은 멋있었어. 아직도 그걸 가지고 있어?"

애니는 웃음을 터뜨렸다.

"아직도 그걸 가지고 있냐고?"

"응."

"왜?"

"내가 갖고 싶어서."

"그 그림을 갖고 싶다고?"

"당연하지. 그 그림 때문에 네가 나를 사랑하는 걸 알았는데."

애니가 무릎을 문지르면서 아래를 보았다. 그러곤 상냥하게 말했다.

"넌 몰랐어."

"아니, 알았어. 내가 너를 사랑하는 것도 알았고."

애니가 고개를 들었다.

"농담하는 거지?"

"천만에."

"그러면 왜 아무 말도 하지 않았어?"

"애니, 난 열네 살이었어!"

파울로가 대답하더니 활짝 웃었다.

*

진정한 사랑이 그렇듯 시간이 흐르면서 둘의 삶은 자연스럽게 어우러졌다. 그리고 둘은 말 한마디 없이도 쭉 그러리란 걸 서로 알았다.

어느 날 점심시간에 애니는 벨리체크 부인의 휠체어를 밀고 새 노인 병동으로 갔다. 부인은 뉴욕 출신으로 90세가 넘어 몸은 쇠약하지만 생기가 넘쳤다. 애니가 좋아하는 환자였다.

애니가 물었다.

"새 병동이 어떠세요? 이전보다 크고……."

애니는 멈칫했다. 파울로가 바닥에 무릎을 꿇고 몰딩을 마무리하고 있었기 때문이다. 파울로가 고개를 들었다.

"안녕하세요, 미인분."

"나한테 하는 말은 아닌걸."

벨리체크 부인이 말했다.

"어떻게 아세요?"

애니가 물었다.

"네, 어떻게 아십니까?"

파울로가 부인과 악수하면서 말했다.

애니가 말했다.

"벨리체크 부인, 이 사람은 파울로예요. 저희는 친구 사이예요."

파울로가 카운터를 향해 고갯짓을 했다.

"여기 음식이 있는 것 같네요."

애니는 누군가 배달한 빵과 다양한 종류의 햄을 보았다.

"우리가 먹을 게 아닌데."

애니가 말했다.

"우리가 먹을 게 아닌 게 아니야."

파울로가 짓궂게 대꾸했다.

"시장하세요, 벨리체크 부인?"

잠시 후 파울로와 애니는 장난치며 샌드위치를 만들었다. 파울로는 빵 사이에 고기를 잔뜩 쌓았다.

"그렇게 크면 안 돼."

애니가 주의를 주었다.

"애니 말을 듣지 말아요!"

벨리체크 부인이 말했다.

"저는 늘 애니 말을 듣는걸요."

파울로가 대답했다.

"그러는 게 신상에 좋죠."

애니가 대답하면서 웃음을 터뜨리고는 팔꿈치로 파울로를 쿡 찔렀다.

벨리체크 부인이 말했다.

"친구 사이라고? 아니, 누굴 바보로 아나?"

*

한 달 후 둘은 같이 살기 시작했고 페인트가 한데 섞이

듯 생활 패턴이 엮였다. 아침 식사를 함께 하고 같은 치약을 쓰고 서로 감기를 옮기면서.

가을이 찾아오고 겨울이 지나고 봄이 오더니 여름으로 접어들었다. 어느 화창한 날 아침, 파울로가 출근하기 전에 애니의 머리끈을 풀었다. 그러자 애니는 굽슬굽슬한 머리칼을 흔들며 물었다.

"이게 더 나아?"

파울로가 대답했다.

"더 나아."

머리 모양뿐 아니라 모든 면이 그렇다는 말일 수도 있었다.

그 후 결혼식은 형식적인 절차였다. 하지만 파울로는 쇼맨 기질이 있는 사람이었다. 그래서 만반의 준비를 한 어느 날 밤 애니를 건물 옥상으로 데려갔다. 작은 전등들이 주위를 밝혔고 흰 대형 스피커에서 클래식 세레나데가 흘러나왔다. 파울로가 기다렸다는 듯 커다란 시트를 벗기자 독특한 조각상이 나타났다. 혼응지[12]로 만든 개구리 두 마리였다. 파울로는 학교 운동장에서 만난 날을 기념하려고 이 조각상들을 만들었다고 했다. 한 개구리는 넥타이를 매고 다른 개구리는 뛰어오르는 모양새였다. 넥타이에는 이

12 펄프에 아교를 섞은 반죽으로, 굳으면 단단해진다.

런 메모가 붙어 있었다.

"개구리에게는 작은 걸음이지만 우리 둘에게는 위대한 도약[13]?"

애니가 웃으며 파울로를 바라봤다. 파울로는 이미 반지 상자를 열어놓은 채 기다리고 있었다. 애니는 파울로의 질문은 기다리지도 않고 대답을 쏟아냈다.

"그럴게. 그럴게. 그럴게. 그럴게."

*

"안 돼."

애니가 낮게 중얼댔다.

파울로가 눈을 깜빡였다.

"당신은 여기 있으면 안 돼."

파울로가 애니를 향해 손을 뻗었다.

"난 당신이 여기 있는 게 싫어!"

파울로가 애니의 뺨을 만졌다.

"만지지 마! 여기 있지 마! 당신은 살았어야 해! 당신은 살았어야 된다고!"

파울로의 손가락이 애니의 살갗을 스쳤고, 그 손길에

---

13 최초로 달에 착륙한 닐 암스트롱의 말 "인간으로서는 작은 걸음이지만 인류에게는 위대한 도약"에서 따온 말.

애니는 온몸이 녹는 것 같았다.

"봐, 애니. 북극광이야."

파울로가 부드럽게 말했다.

두 사람 아래로 펼쳐진 유리 표면 속에서 초록색과 빨간색 물결들이 연기처럼 별들 사이를 지났다.

"뭐가 북극광을 만드는지 알아?"

애니의 뺨에 눈물이 흘러내렸다.

애니가 떨리는 목소리로 대답했다.

"자기가 귀에 못 박히게 말했으면서. 입자들이 태양에서 나와 날아다니다가 태양풍에 실려 지구로 불어와. 우리에게 오기까지 이틀이 걸리지. 입자들이 대기권으로 진입해……."

애니는 목이 메었다.

"세상의 꼭대기에서."

"그리고 우리가 바로 여기에 있어."

파울로가 말했다.

파울로가 손을 흔들자 거대한 색깔들이 발아래 있는 하늘을 휩쓸었다. 애니는 빛을 받은 남편을 물끄러미 바라보았다. 파울로는 결혼식에서 본 모습 그대로였지만 아주 평온했다. 눈가에도, 입가에도 주름 하나 없었다.

애니는 파울로만큼 보고 싶은 사람이 없었다. 또 그만큼 보고 싶지 않은 사람도 없었다.

애니가 속삭였다.

"왜? 당신이 왜 여기 있는 거야?"

"바람이 불었어."

파울로가 말했다.

다섯 번째 교훈

상실은 생명만큼이나 오래전부터 존재했다. 하지만 지금껏 진화했는데도 우린 아직 상실을 받아들이지 못한다.

애니는 파울로의 목숨을 구하지 못한 걸 알자 이제까지 겪은 상실들에 잡아먹힌 기분이 들었다. 일찌감치 자신을 버리고 떠난 아버지부터 사고로 다친 왼손, 억지로 떠나야 했던 집, 두고 가야 했던 친구들, 어머니의 죽음, 잃어버린 아이, 그리고 바로 앞에 있는 남편에 이르기까지. 남편은 애니의 마지막 상실이었다.

다시 실패하고 말았다.

"여기 온 지 얼마나 됐어?"

애니가 물었다.

"조금."

"다섯 사람을 만날 거야?"

"이미 만났어."

"이해가 안 되는걸. 난 당신이 죽은 후에 죽었잖아?"

"여기는 시간이 달라, 애니. 지상의 몇 초가 천국에서는 1세기가 될 수도 있어. 엉뚱해. 내 괴상한 우주책들보다 멋져."

파울로의 미소에 애니 자신도 입꼬리가 올라가는 걸 느꼈다. 하지만 그때 여기가 어디인지 기억났다.

애니가 강하게 말했다.

"아냐, 이건 공평하지 않아. 결혼하고 겨우 하룻밤인데."

"하룻밤 새 많은 게 변할 수 있어."

애니는 애걸복걸하는 아이처럼 파울로를 바라봤다.

"그걸로 충분하지 않아! 난 이해가 안 돼, 파울로. 왜 우린 그냥 행복할 수 없었을까? 왜 난 좋은 것은 뭐든 빼앗기는 걸까?"

파울로는 뭔가 확인하는 것처럼 검은 창공을 응시했다. 하지만 거기에는 아무것도 없었다.

파울로가 말했다.

"고등학생 때 우리가 만난 마지막 날을 기억해? 사실 나는 너를 쫓아갔어. 공원 벤치에 앉아 울고 있더라. 그런데 다가가서 말을 걸 수가 없었어. 내가 널 실망시켰다는 걸 알았거든."

파울로가 덧붙여 말했다.

"우리 집은 다음 날 이주했고 그 일은 15년간 날 괴롭혔어. 우린 어렸지만 난 중요하고 소중한 사람을 잃었다고 느꼈어. 어느 날 당신을 다시 만날 소망을 품고 고국인 미국으로 돌아왔어. 그런데 갑자기 당신이 병원에 있었지. 그래서 알았어. 진정으로 누군가를 사랑하면 돌아갈 길을 찾는다는 걸."

애니가 이맛살을 찌푸렸다.

"그런데 그 사랑을 다시 잃었지."

"우린 살아 있는 동안 매일 뭔가를 잃어, 애니. 때론 방금 내쉰 숨결처럼 작은 걸 잃고, 때로는 그걸 잃고는 못 살 것 같은 큰 걸 잃기도 하지."

파울로가 애니의 왼손을 잡았다.

"하지만 그래도 우리는 살아, 안 그래?"

애니는 사랑이 차올라서 혈관이 터질 것 같았다. 남편이 여기에 있다. 적어도 남편과 함께 있을 수는 있다. 하지만…….

"난 당신을 구하고 싶었어."

애니가 속삭였다.

"내게 폐 하나를 주었지."

"그런데 당신은 죽었어."

"그렇다고 당신이 베푼 일이 변하는 게 아냐."

"어떻게 그 일을 당하고 이렇게 평온해? 난 그저……."

"뭔데?"

애니는 적당한 표현을 찾았다.

"상심만 되는데."

파울로가 잠시 생각에 잠겼다.

"보여주고 싶은 게 있어."

파울로가 재킷 주머니에서 파이프클리너로 만든 토끼를 꺼냈다.

"그건 이미 나한테 줬잖아."

애니가 말했다.

"잘 봐."

갑자기 토끼가 마법처럼 풀려서 반듯한 파이프클리너 다섯 개가 되었다. 파울로는 하나를 집어서 뭔가를 두 개 만들었다.

"이건 우리가 갖고 태어나는 심장이야, 애니. 아무것도 겪지 않아서 작고 속이 비어 있지."

파울로는 이 파이프클리너를 그녀의 손에 놓았다.

"그리고 이건……."

파울로는 다른 파이프클리너 네 개를 꼬아서 더 크고 복잡한 모양을 만들었다. 안쪽으로 얽히고설킨 선들이 가득했다.

"이건 우리가 죽을 때의 심장이야. 사람들을 사랑하고 난 후. 모든 상실을 겪은 후지. 더 큰 게 보이지?"

"하지만 상심하게 돼."

애니가 말했다.

"그래."

"그게 망치는 거지."

파울로는 파이프클리너로 만든 심장을 애니의 가슴을 향해 밀었다.

"아냐. 그게 온전하게 만들어."

불현듯 파이프클리너들이 환하게 빛났고 애니는 내면에서 두근거림이 점점 커지는 걸 느꼈다.

"파울로, 무슨 일이 생기는 거야?"

"고마워, 애니. 잠깐 난 너처럼 숨을 쉬게 되었어. 근사했어."

"아니, 기다려……."

"이제 넌 가야 해."

"난 당신이랑 같이 있고 싶어……."

"난 여기 있을 거야. 하지만 지금 당신은 살아야 해."

"그게 무슨 말이야?"

"당신은 한 번 죽음에서 구제되었어. 애니, 그러니 세상을 구제해서 그 빚을 갚아야겠지. 간호사가 된 것도 그 때문이었어. 또 그런 이유로 돌아가야 해. 다른 사람을 구하기 위해서."

"누구를? 왜? 싫어, 파울로. 제발!"

파울로가 애니의 손을 놓았다. 애니는 몸이 낱낱이 사라지는 광경을 보았다. 먼저 발과 팔, 다음으로 무릎, 허벅지, 배, 가슴 등 사후에 복원된 모든 부위가 해체되었다. 몸 아래 표면은 납작하게 녹은 것 같았고, 카세트테이프들을 동시에 재생시키는 것 같은 두 가지 차원의 소리가 들렸다. 파울로는 환하게 빛나는 북극광 속으로 잦아들고 있었다. 손이 닿을 만큼 가까이 있었지만 이제 얼굴만 보일 뿐이었다. 파울로가 부드럽게 키스하자 애니는 필사적으로 매달렸다. 뚫어져라 파울로를 응시했지만 무거운 커튼처럼 눈꺼풀이 내려오면서 모든 게 어두워졌다. 그 순간 애니는 자신의 어깨를 잡는 두 손을 느꼈고, 천국에서 지상으로 밀려 내려갔다.

애니는 이전에도 이런 느낌을 받은 적이 있다는 것을 알았다.

"금방 만나."

파울로가 속삭였다.

애니가 눈을 떴을 때 천장의 형광등 불빛이 보였다. 웅웅대는 기계 소리와 여자의 목소리가 들렸다.

"선생님, 보세요!"

에필로그

새로운 시작

열기구 추락 소식은 곧 애리조나주 전역에 퍼졌고 시간이 지나면서 전 세계에 알려졌다. 사람들은 사진들을 공유하고 인생의 덧없음을 이야기했다.

신혼 부부, 경험 부족의 조종사. 이 세 명의 승객 중 행운이 따른 두 명의 사연이 전해졌다. 열기구를 전선들 사이로 몰고 간 조종사는 바구니에서 튕겨나가 목숨을 구했다. 신부는 용감한 신랑에게 떠밀려 살았고, 이후 바닥으로 뛰어내린 신랑은 중상을 입었지만 몇 시간 동안 살아있었다. 거기에는 아내에게 폐를 이식받은 후 몇 분도 포함됐다. 남편은 수술실에서 죽었고, 같은 순간 아내는 이식수술 합병증으로 코마에 빠졌다.

애니를 잠시 잃었었다는 사실은 거의 알려지지 않았다. 애니는 코마 상태에서 죽었다가 삼촌을 포함한 의사들의 처치로 다시 살아났다. 애니의 심장이 다시 뛰기 시작했을 때, 데니스가 눈물을 터뜨리며 말했다.

"이제 괜찮다, 애니. 괜찮을 거야."

데니스가 억지로 웃으면서 말을 이었다.

"네가 우릴 겁먹게 했다."

애니는 눈을 깜빡였다.

오랜만에 전혀 겁나지 않았다.

*

시간이 흘렀다. 스노우볼 속 눈송이가 바닥에 내려앉듯, 사건 관련자들은 본래 자리는 아니더라도 평온하게 천천히 자리를 잡았다.

테디는 다른 주로 이주해 교회에 다니면서 두 번째 기회에 대한 토론 모임을 이끄는 데 시간을 쏟았다. 톨버트는 폐업하고 부지를 매각했다. 또한 5개월 고민 끝에 용기를 내어 남편을 잃은 신부에게 편지를 썼다. 일주일 후 자신의 집에 와달라는 애니의 답장을 받았다.

톨버트는 차를 몰고 애니 집으로 향했고, 문을 열어준 애니를 보고 깜짝 놀랐다. 임신한 모습이었다. 애니는 기대보다 친절했고 모진 일을 당하고도 차분한 기색이 역력했다. 톨버트는 거듭 미안하다고, 빗속에서 잠시 만났을 때 파울로가 무척 맘에 들었다고 말했다. 그러곤 헤어지기 전에 남편을 죽게 한 것을 용서해줄 수 있냐고 물었다. 하지만 애니는 용서는 필요 없다고 답했다.

"바람이 분걸요."

애니가 말했다.

톨버트는 다른 바람이 불었던 것을 모른 채 떠났다. 비가 내린 그날 밤 질주하던 차가 파울로를 칠 뻔했던 순간, 톨버트는 파울로를 갓길로 잡아당겨 구해주었다. 바람을 딴 데로 돌린 것이었다. 다른 버전의 비극이 계획되어 있었다. 만약 그 계획이 실행되었다면 애니와 파울로는 하룻밤의 결혼생활도 못하고 아기도 얻지 못했을 터였다. 하지만 인생이 보이지 않게 변하는 경우가 얼마나 많은가. 연필로 쓰다가 휙 뒤집어 지우개로 지우듯이.

*

그 만남 직후 애니는 작은 가방을 꾸려서 차에 실은 다음, 넓은 잿빛 해변에 있는 놀이공원으로 갔다. 입구에 도착하자 루비 가든의 뾰족탑과 첨탑들, 가짜 보석이 박힌 아치와 공중에 매달린 낙하 놀이기구가 보였다.

애니는 직원들에게 놀이기구를 수리하던 에디를 아는 사람이 있는지 물었고, 범퍼카 탑승장 뒤편의 정비소로 안내받았다. 정비소는 천장이 낮고 전구 불빛이 침침했으며, 도자기로 만든 어릿광대 두상들이 걸려 있었다. 커피 깡통에는 스크루와 볼트가 잔뜩 담겨 있었다. 애니는 도밍게즈라는 중년 사내를 소개받았다. 도밍게즈가 걸레에 손을 닦으며 말했다. 맞다고, 에디가 죽을 때까지 그 밑에서 일했다고. 애니가 신분을 밝히자 도밍게즈는 걸레를 떨어뜨리더니 의자에 털썩 주저앉다가 고꾸라질 뻔했다.

"세상에, 이럴 수가. 세상에, 이럴 수가."

도밍게즈는 계속 중얼거리다가 울기 시작했다.

"미안해요. 난 그저……. 그 아이가 무사한 걸 알면 에디가 얼마나 좋아할까 싶어서."

애니는 미소 지었다.

나중에 도밍게즈는 애니를 뒤편으로 데려가 에디의 유품이 담긴 상자를 보여주었다. 자질구레한 물건들과 생일카드, 군용 부츠가 들어 있었다. 애니는 파이프클리너 상자를 가져가도 되겠냐고 물었다. 도밍게즈는 원하면 상자를 통째로 가져도 좋다고 대답했다.

헤어지기 전 도밍게즈가 말했다.

"개인적인 질문을 해도 되겠소?"

애니가 고개를 끄덕였다.

"목숨을 구제받은 기분이 어떤가요? 난 그날 공원에서 일어난 사고를 봤소. 에디가 아니었다면 당신은 죽었을 거요."

애니는 배를 쓰다듬더니 설명하기 어렵다고 말했다. 다만 예전에는 자신에게 일어난 일을 바꿀 수 있다면 뭐든 내주겠다고 생각했지만 지금은 마음이 달라졌다고 했다. 고마운 마음이 든다고.

*

계절들이 오갔고 점점 더워지면서 해변 놀이공원에 손님들이 찾아들었다. 아이들은 루비 가든의 최신형 낙하 기구를 탔고 다행히도 이곳에서 바뀐 운명들에 대해서는 알지 못했다.

한편 딸을 출산한 애니는 아기를 가만히 품에 안았다. 그리고 이탈리아어로 '신의 선물'이라는 뜻의 '조반나'로 아기 이름을 지었다. 파울로의 말처럼 애니가 아기를 세상에 내놓기 위해 천국에서 돌아왔기 때문이다.

조반나가 네 살이던 어느 날 애니는 별을 보려고 딸과 야외로 나갔다.

"별들이 정말 높아, 엄마!"

"맞아, 높지."

"더 높은 것도 있어요?"

애니는 미소만 지었다. 사후를 여행한 이야기는 한 적이 없었다, 아무에게도. 하지만 영원히 비밀로 하지는 않을 작정이었다.

어느 날 조반나가 이해할 나이가 되면 천국 이야기를 들려주리라. 그리고 거기 있는 사람들에 대해 말할 것이다. 할머니, 오빠, 별을 보는 턱시도 차림의 아빠. 거기 가서 알게 된 비밀들도 털어놓겠지. 한 사람의 인생이 다른 인생과 어떻게 연결되는지, 그 인생이 그다음 인생과 어떻게 연결되는지.

모든 끝은 시작이기도 하다는 것을, 지금 우리가 모르는 것뿐이라고 말해야지. 아이는 남은 생애를 편안히 살 터였다. 온갖 두려움과 상실을 겪어도 천국은 거기서 기다리는 다섯 사람부터 시작해 모든 질문의 답을 갖고 있는 걸 알 테니까. 그들은 하느님이 지켜보시는 가운데 우리를 기다리고 있다. 가장 소중한 단어의 진정한 의미를 깨달으며.

그 단어는 바로 '집'이다.

감사의 글

먼저 한 인간이 천국에 대한 이야기를 쓸 수 있도록 건강과 창의력을 주신 하느님께 감사드린다.

더불어 이 책을 쓸 때 도움과 영감을 준 분들에게도 감사의 말을 전하고 싶다. 먼저 미시간주 워렌의 '모터스 요양원'의 심리치료사이자 임상 관리자인 케이 맥코너키. 손 재접합 수술 후 회복 중에 있는 환자들을 접하는 그의 경험을 통해 애니의 감정을 묘사하는 데 도움을 받았다.

미시간주 윅섬의 '위커 배스킷 벌룬 센터'의 열기구 파일럿이자 대표인 고든 보링에게도(여러분, 사실 열기구 사고는 극히 드물답니다), 디트로이트 헨리포드 병원의 선임 내과의이자 헨리포드 병원 심장이식 프로그램의 의료 이사인 리사 앨런스파크, 텍사스 포트워스의 '베이러 스콧&화이트 올 세인츠 메디컬 센터' 선임 간호사인 발 고켄바흐, 완벽한 조사와 중요한 질문을 해준 조 앤 바너스에게도 특별히 감사드린다.

1962년, 에디가 어린아이일 때 당한 사고는 팔다리 재접합 수술 분야의 발전을 가져왔다. 그리고 이런 故 에버릿 (에디) 놀스의 실화에서 영감을 받아 사미르라는 캐릭터가 만들어진 것에 대해 정말 감사드린다.

처음에 에디 삼촌이 사후 세계에 대해 말해주지 않았다면 '다섯 사람'이라는 아이디어는 나오지 않았을 것이다. 소설에서 에디가 아내가 없으면 천국이 아닐 거라고 말하는데, 사실 그것은 매일 나에게 영감을 주는 나의 아내 제닌에게 하는 말이다. 이 원고를 제일 먼저 읽어준 가족과 이런 이야기를 할 수 있도록 가르쳐주시고 이제는 천국에서 만나 지상에서처럼 매 순간을 함께 보내고 계실 부모님께 감사드린다.

마지막으로 독자들에게 가장 깊은 감사를 드린다. 독자들은 계속 나에게 영감을 주고 동기를 부여해줄 뿐 아니라, 나를 놀라게 하고 축복해준다.

천국은 기도이자 추측일지도 모른다. 하지만 여러분 덕분에 나는 이미 천국의 일부를 경험하고 있음을 잘 안다.

조부모님이 세상을 떠나시면서 가까운 이의 죽음을 경험했지만, 처음으로 죽음이 현실로 느껴진 것은 14년 전 아버지가 세상을 떠나셨을 때다. 물론 그전에 『모리와 함께한 화요일』과 죽음을 다룬 작품을 여러 번 번역하면서 나름대로 '죽음'에 대해 진지하게 생각해왔다. 그러나 막상 40년 동안 심장처럼, 공기처럼 늘 깊은 사랑을 나누던 아버지가 영원히 내 곁을 떠났다는 사실을 받아들여야 했을 때, 그 충격은 15년 가까이 지난 지금도 가시지 않는다. 나에게 죽음이란 여전히 두렵고 아픈 것이다. 내게 죽음은 그런 것이다.

오래전 『천국에서 만난 다섯 사람』을 번역한 후로 오랜만에 미치 앨봄의 책을 작업했다. 많은 작가들이 죽음을 주제로 글을 쓰지만, 미치 앨봄처럼 죽음을 직접적으로 다룬 경우는 흔치 않다. 그래서 그의 책을 펼칠 때는 엄숙

한 마음이 들지만, 그림엽서 같은 사연 옆에 또 다른 사연의 그림엽서가 놓이는 플롯을 따라가다 보면 어느새 죽음에 대한 위로와 평안을 얻는다.

『다 괜찮아요, 천국이 말했다』의 주인공은 '애니'이다. 외로운 삶을 살아온 애니는 중학교 동창인 파울로와 결혼하면서 행복한 새 삶을 꿈꾼다. 하지만 결혼식 다음 날 새벽, 열기구를 타다가 사고를 당하며 죽음과 마주하게 된다. 그리고 천국에서 다섯 사람을 만나면서 다시 삶을 되짚어보며 인생의 의미에 대해 알게 된다. 아는 것은 이해하는 마음으로, 공감으로 이어진다. 그리고 공감은 또다시 사랑을 이끌어내면서 마음까지 풍요롭게 만든다.

애니의 사연을 따라가다 보면 메마른 인생살이가 충만한 사랑으로 변하는 기적 같은 경험을 하게 된다. 어린 시절부터 늘 부족하고 외로웠던 애니는 자기도 모르는 사이에 타인들과 좋고 나쁜 것을 주고받으며 인생을 완성해간다. 인생의 마지막, 곧 죽음은 혼자만의 고독 그 자체일 것 같지만, 실은 내 삶에 함께한 사람들과 만나는 자리이기도 하다. 애니가 마주한 천국 여정을 통해 죽음이 두려운 모든 사람이 위로를 얻기를, 실타래처럼 엮여서 살아가는 인생에 대한 깨달음을 얻게 되기를 바란다.

아버지의 죽음을 앞두고 남편은 이런 이야기로 나를 달랬다.

죽음을 앞둔 소크라테스에게 제자들이 찾아와 스승의 억울한 죽음에 대해 울분을 토했다. 그때 소크라테스가 제자들에게 말했다.

"만약 내세가 있다면 먼저 세상을 떠난 현자들을 만나 대화하고 가르침을 받을 수 있으니 얼마나 좋은가. 만약 내세가 없이 죽음으로 끝난다면 영원한 안식이 있으니 그 또한 좋지 않은가."

나는 이 말을 믿고 싶었다. 그리고 지금도 같은 마음이다.

주인공 애니가 겪은 죽음 이후의 세상처럼 내세가 있어 누군가 나를 마중 나온다면, 틀림없이 살아생전에 나를 사랑하셨던 아버지일 것이다. 그리고 아버지를 만날 수 있다면, 애니가 어머니와 그랬듯이 나 역시 아버지와 그동안 미처 나누지 못했던 이야기를 나누고 내 삶을 더 잘 이해하게 될 것이다. 그 생각만으로도 마음이 따뜻해진다.

죽음이 끝이 아닌 시작이라는 것, 우리는 서로 알게 모르게 이어져 있다는 것. 벌써부터 내가 천국에서 만날 다섯 사람이 누구일지 기다려진다.

공경희

다 괜찮아요, 천국이 말했다

펴낸날 **초판 1쇄 2020년 6월 22일**

지은이 **미치 앨봄**
옮긴이 **공경희**
펴낸이 **심만수**
펴낸곳 **(주)살림출판사**
출판등록 **1989년 11월 1일 제9—210호**

주소 **경기도 파주시 광인사길 30**
전화 **031-955-1350** 팩스 **031-624-1356**
홈페이지 **http://www.sallimbooks.com**
이메일 **book@sallimbooks.com**

ISBN 978—89—522—4197—9 03840

이 도서의 국립중앙도서관 출판시도서목록(CIP)은 서지정보유통지원시스템 홈페이지(http://seoji.nl.go.kr)와 국가자료공동목록시스템(http://www.nl.go.kr/kolisnet)에서 이용하실 수 있습니다.(CIP제어번호: CIP2020018841)